978-7-5525-6470-9

U0750571

宁夏文艺评论

2021卷 下

宁夏文学艺术界联合会
宁夏文艺评论家协会 编

黄河出版传媒集团
阳光出版社

周年·专题

书随时代　方见精神

◎丁自明

　　"文章合为时而著，歌诗合为事而作。"唐代大诗人白居易的这句名言表明：文艺作品的生命力在于反映时事，文艺创作要为现实而作。习近平总书记在会见第四届全国文明城市、文明村镇、文明单位和未成年人思想道德建设工作先进代表时的讲话指出："只有站在时代前沿，引领风气之先，精神文明建设才能发挥更大威力。"这次"美丽新宁夏　翰墨颂党恩——庆祝中国共产党成立 100 周年书法美术摄影民间工艺作品展"中的书法作品，正是贯彻落实总书记"坚持以人民为中心的创作导向"理念的一次具体实践。

　　近年来书法界认真学习践行习近平新时代中国特色社会主义思想，大力弘扬社会主义核心价值观。书法创作紧随时代，在充分汲取古典传统的基础上，力求书写时代强音，讴歌伟大时代，创作内容和表现手法发生了深刻变化。从 2020 年中国书协举办的书法展览来看，书法创作对于时代的反映，突破了文人书写的个人书斋范式，这种有益探索正是时代所需要的。2021 年，中国书协推出的庆祝建党百年主题书法展览，又一次引起社会各界的强烈反响。笔墨当随时代，成为社会对文艺的基本要求和共识。宁夏举办这样一次主题展览，书法家用饱蘸时代精神的笔墨，热情讴歌伟大的中国共产党百年光辉历程，开启了宁夏书法创作新篇章。

在传统书法创作中，我们习惯了书写诗词曲赋、古文联语，书法展览成了个人雅好，逐渐脱离群众，与社会发展渐行渐远。习近平总书记指出："文学、戏剧、电影、电视、音乐、舞蹈、美术、摄影、书法、曲艺、杂技以及民间文艺、群众文艺等各领域都要跟上时代发展、把握人民需求。"而书法创作内容的脱离时代，使得书法继承与创新之路越走越窄，无法担当起文化自信的时代课题。这些突破性的展览，昭示着书法创作有了新的开始。徜徉在展厅中，透过笔墨情趣彰显出来的中国精神，震撼激励着我们，让我们真切感受到古老笔墨的时代新生，这就是绵延几千年的中国文字、中国书法的强大精神与魅力。展出作品，尽管书写主题一致，但艺术表现仍然具有多样性，所呈现的一个个活生生的个体中蕴含的精神是一致的。

"法取兰亭生气韵，书随时代见精神"，这是其中我最喜爱的一副联语。书法创作离不开笔法，离不开传统，不能成为无源之水。如果固守传统，不思变化，不思进取，缺乏时代特征，不能与时代同步，同样会没有生命力。这是展览给我们文艺家的启示，更是习近平总书记对文艺家的殷切期望和要求。相信以此为起点，宁夏书法创作在与时代同步上，将会走得更加坚实，创作出更多反映现实、讴歌时代的精品力作，不负伟大时代、伟大祖国、伟大人民，为建设美丽新宁夏做出新的贡献。

丁自明，中国书法家协会会员，宁夏书法家协会理事，现供职于宁夏银行。

美丽新宁夏　翰墨颂党恩

—— 庆祝中国共产党成立 100 周年
书法美术摄影民间工艺作品展简评

◎朱建设

"美丽新宁夏　翰墨颂党恩——庆祝中国共产党成立 100 周年书法美术摄影民间工艺作品展"共展出书法作品 191 件，是从 626 件作品中精心评选出来的。入选作者，群贤毕至，少长咸集，形成了老中青合理的梯次结构。作品形式丰富多彩，中堂、条幅、横幅、斗方、条屏、扇面、楹联应有尽有，蔚为大观。展览书体，楷、行、草、隶、篆诸体辐辏，赅备中国书法的所有书体，书风纯正。虽处不同学书阶段，但略无江湖习气，是为可喜。从学书道路来看，深入传统，守正创新成为宁夏书法界的共识和不懈追求。从整个书法作品来看，思想精深，艺术精湛，制作精良，代表了宁夏书法艺术的全面发展和最高水平。

此次展览是为庆祝中国共产党成立 100 周年而举办的重大主题展览，是宁夏书法界向党的百年华诞献上的一份厚礼，也是书法界用党的奋斗历程和伟大成就鼓舞斗志，用党的光荣传统和优良作风坚定信念，用党的文化创造和历史经验启迪才智，用书法艺术投身社会主义文化强国建设的一份决心书。在展览策划中，如何发挥书法优势，突出展览主题，是摆在宁夏书法界的一个重大课题。

为搞好此次展览，宁夏书法家协会发挥了组织统领和把关定向作用。

经过深入研究，广泛征求意见，最后决定采取"规定动作"和"自选动作"相结合的形式，以使整个展览既主题突出，又百花齐放。

"规定动作"即充分发挥新时代书法记言录史的功能，构建以主题思想表达为中心的集体创作模式，统一展览内容，统一作品形式，同时强调书写内容的完整性、权威性和书法表现的艺术性、准确性。选取十六条屏传统文化样式作为载体，精心策划，重点打造，精益求精。"自选动作"即以庆祝建党100周年为主题，热情讴歌习近平新时代中国特色社会主义思想、中华民族伟大复兴、中国共产党光辉历史和伟大成就；以反映经济繁荣、民族团结、环境优美、人民富裕的美丽新宁夏为主线，阐释红色文化、黄河文化。除了作品尺幅限制外，作品具体内容、展示书体与表现形式一律放开，同时提倡自作诗文，以保证展览内容的丰富性。

条屏作为传统的展示方式，在以往的展览中，由于受展览场地限制，为了给更多人提供展示作品的机会，个人创作一般是不允许使用条屏方式的。但这次例外，传统的条屏方式又进入人们的视野。此次的十六条屏与其说是个人创作，倒不如说是在宁夏书法家协会精心策划下的集体创作。十六条屏创作，既是展览主题的集中体现，也是展览视觉冲击力之所在，更是整个书法展览的统领和"主心骨"，是书法作品乃至整个展览中的"展眼"和亮点。

书法是汉字的书写艺术。书法不能脱离文学作品而单独存在。思想精深主要体现在书法作品的内容上。写什么是思想性问题，写得怎么样是艺术性问题。

在学习党史的过程中，宁夏书法界欣喜地看到，在建党百年的伟大征程中，我们党和人民在创造物质文明的同时，也积累了宝贵的精神财富，而伟大精神就是这精神宝库中的一颗璀璨明珠。弘扬和礼赞伟大精神，用伟大精神武装头脑，教育和激励人民，是摆在书法人面前的一项重要使命和任务。

　　此次展出的作品反映的中国精神，涵盖了我党重要历史阶段、重大历史事件、重大历史活动和重要历史人物，是彰显政党性质、反映民族精神、体现时代要求、凝聚各方力量的伟大精神谱系，是中国共产党百年精神史的艺术表现。

　　作品由宁夏16位老中青三代书法家共同创作完成。在甄选人员时，既考虑到作者的艺术成就和社会影响力，同时也考虑到书体和风格的多样性。书写内容全部为习近平总书记的重要讲话，来源于《论中国共产党历史》和学习强国平台，保证了内容来源的权威性。可以说，十六条屏既是一组高质量的书法作品，更是宁夏书法家党史学习教育成果的集中展现。

　　从展览效果来看，高质量的书法作品吸引了大量观众驻足观赏，特别是十六条屏的主题创作，使许多观众流连忘返，纷纷拍照，成为展览现场的一道亮丽的风景。

　　本次十六条屏的策划与展出，无疑是一次成功的探索和尝试，值得充分肯定。希望宁夏书法界在今后的展览中坚定正确的政治方向，创新传统文化表现方式，激发广大书法工作者的创作热情，德艺兼修，笔耕墨舞，书写更加辉煌壮美的时代华章。

　　朱建设，中国书法家协会会员，宁夏书法家协会顾问。

解读油画作品《治沙英雄王有德》

◎贾培培

在宁夏建党百年重大题材美术创作活动中，曹自杰、边静、马良钰三位老师将目光投向了"人民楷模"国家荣誉称号获得者王有德，合作完成了油画作品《治沙英雄王有德》。

之所以选择王有德作为此次创作的主题，是因为他在近40年的时间里，带领灵武白芨滩林场职工在毛乌素沙漠种草治沙，让沙漠变绿洲，成为具有世界影响力的治沙英雄。他凭借一股"敢教日月换新天"的治沙热情，带领林场广大职工在毛乌素沙漠西南边缘建起了一道绿色屏障，有效遏制了沙漠南移西扩的步伐。王有德是当代中国治沙群体的杰出代表，他把自己的青春无私地奉献给了治沙事业，积极投入治沙造林和保护生态环境事业，为祖国的生态环境建设做出了卓越贡献，是当之无愧的"治沙英雄"。

从美术创作与时代精神的关系出发着手创作《治沙英雄王有德》，对于更好地认识、延续和发扬新中国成立以来的重大题材美术创作传统，积极有效地配合、弘扬新时代精神美术创作工程的开展和深化，具有深刻的现实意义和教育意义。作者通过精心构思，设计了王有德治沙工作的一个场景：他拿着铁锹站立休息，也许是在思考，也许是在展望。主体人物前景脚下是漫漫黄沙，似乎在诉说着治沙工程还需继续前行；中景是初见成效的绿植，一片生机盎然；远景是已然稳固的茫茫绿地，是治沙取得的伟大胜利。在绘画语言上，创作者突出了主体人物立体感，采取了平远构图，将主体人物处理成高大的英雄形象，与脚下的沙坡相呼应。近处及远处的工人不仅符合艺术透视法则，衬托了主体人物王有德的形象，看似无章法的劳动场景，其实质是治沙工作的一步步工序，深沉而又坚韧。正是王有德带领这些林场职工几十年如一日，才创造出将沙漠逼退20多公里的伟大壮举，把沙进人退的局面改造成了人进沙退的神话。作者对王有德的形象塑造采取写实的手法表现，黝黑的皮肤和朴素的工装打扮，不仅真实还原了王有德平时工作的真实形象，也赞扬了像他一样的千千万万新时代改革先锋。

在创作过程中，为了更加贴切地表现王有德治沙的心路历程，创作者多次深入灵武白芨滩搜集素材，多次与王有德沟通创作的细节。在深入生活过程中，进一步加深了创作者对治沙工作艰难不易的感受。王有德讲述了林场几十年来感人的治沙故事，他坚毅的眼神和有力的双手给了创作者很大的触动。他的体貌特征与身上具备的精神强度就是创作者画面表现要抓住的核心内容。在前期准备工作充分完成的前提下，三位作者对创作的草稿做了进一步调整优化，利用色调、明暗分布进一步加强对主体人物王有德艺术形象的光线氛围处理，突出人物形象以及人物性格。在构图时，将原先的人物比例适当放大，让人物形象更加饱满伟岸，加强了背景的光感与空间感。背景中纯净的蓝天白云从色彩上与前面的人物形象形成冷暖和空间对比，这是作者运用浪漫主义表达的理想呈现。对天空中翱翔的雄鹰采取了隐喻的表现手法，那或许就是王有德治沙理想的未来，未来的毛乌素沙漠蓝天白云，绿草遍地，人民生活幸福。画面左侧一组治沙工人在沙坡下劳作，在光源下，主体人物形象呈现出空间与明暗关系。在主体人物的刻画上，创作者反复地调整服装颜色、明暗关系等，最后达到和谐统一。

《治沙英雄王有德》是以真实人物王有德为原型的一幅肖像画作品。作为中国改革先锋"科学治沙的探路人"，这幅肖像不仅成功地塑造了他生动的个人形象,也歌颂了无数像他一样为国家、为人民无怨无悔奉献自己青春年华的时代精神。

贾培培,宁夏大学美术学院 2019 级研究生。

赓续匠心文脉 民艺薪火相传

◎徐娟梅

在宁夏这片美丽富饶的土地上，传承着许多优秀的传统民间工艺，它们积淀着宁夏各族人民披荆斩棘的创造精神，承载着温柔敦厚的审美理想，呈现着现实里乐观祥和的生活精神，从古至今，传承不息。

为向中国共产党成立100周年献礼，全面展示民间工艺美术的创作成果，宁夏民间文艺家协会组织评选了100幅作品在"美丽新宁夏 翰墨颂党恩——庆祝中国共产党成立100周年书法美术摄影民间工艺作品展"亮相。种类繁多、精品荟萃的民间绝活吸引了很多人的目光。

此次参展作品内容形式多样，体裁广泛，主题突出，立意鲜明，富有浓郁的地方特色和艺术特色。作品在内容形式、创作手法上多有创新，创作者以丰富的构思和精湛的技艺展现了新一代民间艺术家继承传统的传承力和创新发展的创造力，以及他们对建党百年的深刻理解与独特的艺术表达。特别是剪纸、刺绣、农民画等富有地域性、代表性的作品，集中展示了宁夏各项事业繁荣发展的可喜成果，深情回顾了党中央对民族地区的关心关怀、全国各地对宁夏人民的倾情帮扶，也展现了宁夏民间文艺工作者热爱中国共产党、热爱祖国、热爱美好生活的家国情怀，表达了他们不忘初心、牢记使命，以文艺作品记录新时代、书写新时代、讴歌新时代，积极投身宁夏建设的决心和信心。

更多的作品侧重以小切口展现大题材、以小细节描绘大背景，既有宁夏重大历史事件的系列展现，也有重要画面的浓缩再现；既有烽火硝烟的战斗场景，也展现最美乡村的时代风貌，还有反映宁夏人民团结一心抗击疫情作品，展现了宁夏的华彩神韵，彰显了新时代民间文艺工作者的艺术追求和责任担当。

此次展出的剪纸、刺绣、农民画、砚雕、沙画、麦秆画、浮雕、编织等民间工艺作品，绽放着熠熠生辉的色彩。民间文艺工作者将心中对祖国、对党的热爱，对家乡的赞美之情，全部倾注于作品当中。一幅幅剪纸作品用多元的艺术语言，细腻精妙，诠释了人们对自然、对艺术的执着追求和心灵感悟，承载了人们对美好生活的期盼。特邀作品剪纸长卷《塞上江南　神奇宁夏》，以小见大，以点带面，串联主题思想。作品围绕"经济繁荣、民族团结、环境优美、人民富裕"创作主线，以凤凰展翅展开一幅"天下黄河富宁夏"的优美画卷。通过勤劳的人民开创的幸福生活、城乡日新月异的变化、人们健康向上良好的精神面貌，歌颂伟大的党取得的辉煌成就。剪纸《宁夏人民的幸福河》构思独特，太阳万丈光芒照耀着宁夏大地，"三牛"精神引领方向，石榴籽紧紧抱成一团，和平鸽展翅飞翔，激励宁夏人民始终初心不改，时刻保持砥砺前行，为建设家乡、民族团结而努力奋斗。

一幅幅农民画，颜色绚烂，生动活泼，融合了时代内容和民间传统美术的质朴技艺和乡土观念，有思想，有深度，有韵味，接地气，政治性和艺术性相得益彰。作品深刻反映了宁夏农村发展的沧桑巨变，展示了人民昂扬向上的生活状态及对美好生活的向往和追求，体现了新时期文明和谐的新气象。农民画《扶贫干部到我家》反映了在党的政策指引下，扶贫干部深入农家，帮助困难群众大力发展养殖业、种植业，带领老百姓科学种田、脱贫致富。肥壮的黄牛、崭新的房屋、人们脸颊洋溢的自信笑容，无不彰显着群众已经过上了美满的幸福生活，干群就像石榴籽一样紧密团结在一起。

此外，还有一部分作品和黄河流域高质量发展理念黄河文化主题，突出宁夏地域特色，表现了人们保护好黄河的美好夙愿。贺兰砚雕作品《黄河流过我家乡》，立体感强，生动形象，栩栩如生，反映了宁夏各族人民在党的正确领导下，脱贫致富奔小康，建设美丽家园的雄心壮志和壮美画卷，也彰显了宁夏人民大力弘扬黄河文化，致力于黄河建设的决心和信心。作品利用原材料的特殊性，巧妙雕刻一条天然彩带，形容蜿蜒而下、奔涌流淌的母亲河——黄河。塞上江南，黄河两岸尽展壮美画卷：贺兰山下，黄河缓缓流过银川平原，凤凰碑巍然屹立，贺兰稻渔空间稻美鱼肥，"复兴号"动车缓缓驶进宁夏大地，枸杞树上硕果累累……

刺绣作品风格各异，绣出人间美景、人生百态。中华传统文化之刺绣工艺，赋予普通针线无限可能和意味。一幅幅作品细腻精美，栩栩如生，礼赞风华，礼赞伟大的时代和人民，展现英雄的卓越风姿，表现祖国的秀美河山和人民幸福安康的生活。刺绣作品《六盘山情》把目光聚焦于六盘山这座革命之山、胜利之山，全面展现六盘巍巍，党旗飘飘。小小绣针和细细丝线具有了穿透时空的力量，馈赠人们无限的力量和信心。作品运用平针、直针、掺针、乱针等刺绣针法以及丝线本身的色阶，借鉴中国青绿山水画的画理、神韵，用刺绣的丝理把大自然的肌理与美绣出来，绣出了人们的中国心、人间意，绣出了长征情、六盘爱，也绣出了民间文艺工作者的满腔热望。

这些作品融思想性、艺术性和教育性为一体，弘扬了主旋律，传播了真善美，用民间技艺讲好宁夏故事，生动展现了塞上大地奋斗、奋进、奋发的光辉历程，体现民间文艺工作者崇德尚艺的美好品格。

民间工艺薪火相传，续写的不仅是匠心文脉，更是民族复兴伟大征程上充满自信与创造力的美好生活！

徐娟梅，宁夏民间文艺家协会副主席兼秘书长。

民间花开满园春

——观赏庆祝中国共产党成立
100 周年书法美术摄影民间工艺作品展

◎张树彬

"美丽新宁夏 翰墨颂党恩——庆祝中国共产党成立 100 周年书法美术摄影民间工艺作品展"开展,我参观展览时久久驻足民间工艺展区,流连忘返。

民间工艺是一个内涵极其广泛的艺术门类,欣赏这类展览,总有百花盛开、争奇斗艳的艺术享受。这次展出也一样,一走进展区,色彩纷呈的各类作品如春风扑面而来,使观赏者如置身百花园中,令人目不暇接。参观展览时,只有把作品看懂了,看出门道了,那才能享受到观赏的乐趣,才能领略到艺术品意境。我参观这类展览,从不走马观花,总是要细细品读一番,要体悟其中的门道。这次为建党 100 周年所办的展览,当然要更加用心地去欣赏了。

几乎所有的作品我都看过两遍,有的作品还看三遍看四遍。高手在民间,宁夏的民间艺人们创作出这么丰富多彩的工艺作品,令人赞叹不已。看到有人在评论这些作品的优劣,喜好民间文学艺术的我不禁也想班门弄斧评头论足一番。

我以为,评判工艺作品时心中有三看:看工,看艺,看美。

首先是看工,"工"就是功,功夫。木匠做活看斧功,打拳练武看武功,写字画画看笔功,描红刺绣看针功,说相声的看嘴功……百行百业,各行有各行的功夫,深浅各不同。只有上乘的功夫,才能有上乘的作品,所以说"工"是评价作品的第一标准。如果只有内容而无功夫的作品,可称作制作品或宣传品,算不上工艺品。在这届展会上,徐娟梅、伏兆娥、张云仙、井春霞等7位宁夏剪纸界的翘楚联手创作的彩色剪纸《塞上好江南 美丽宁夏川》格外吸人眼球。尺幅大,思想性好,内容丰富,表现手法多样,画面漂亮。

其次是看艺,指的是看作品的艺术水平。如果说看"工"是看手上的功夫,那么看艺就是看脑中的智慧。"艺"是多方面的,包括政治思想、作品内容、文化信息、设计构思、表现方式等。这些都不是靠文字说明的,而是靠作品的布局和构思等表现。好的作品,不单是画面养眼让人愿意看,而且要有好内容让人喜欢看。李政、张国勤等人创作的布贴画《中国年》吸引不少人驻足观看,说明这是一幅好作品。布贴画,我没有研究过,所以对作品的"工"不敢妄加评论,只是觉得好在了"艺"上。这幅作品场面宏大,人物众多,内容丰富,故事生动。通过腊八、小年、除夕、春节、元宵节、龙抬头等不同的场景,再现传统的中国年民风民俗。好的作品不单是用来看的,而且是用来读的。看着《中国年》,观赏者能说出画面上的很多情节、场景、民风民俗,这就是在"读"画,越是能被说得头头是道,越说明画具有很好的艺术魅力。《中国年》这幅画做到了。当然,这幅布贴画也有不尽如人意的地方,如有些人物动态呆板;对民间传统节日挖掘还不够深等。但总体上来说,确实是一件不错的作品。

再次是看美,看作品表现的画面美不美。作品的美也是从多方面展现出来的,除了"工""艺"要好之外,还要体现在构图新颖、寓意创新、画面美好等多个方面。也就是说要有外在的美和内涵的美。外在的美是让人一眼就能看出画面漂亮;内涵的美是经过仔细琢磨,读出作品的趣味性,幽默性,令人赏心悦目。展会上王淑萍的入展刺绣作品《沁园春·雪》一下就把我的目光吸引了过去。作品主题鲜明,尺幅大气,色彩斑斓,画面旖旎,技艺精湛,布局疏朗明快,宛若天成,针法细腻,粗看细看,越看越美,令人由衷赞叹。虽标明是入展作品,但本人倒认为是本届宁夏民间工艺作品展中上乘的作品之一,针法、劈丝、配色都能令人拍案叫绝。同样,展会上还有赵桂琴的一件二等奖刺绣作品《我的母亲河》,和《沁园春·雪》相比,二者属于完全不同的艺术风格。《沁园春·雪》画面雄浑苍茫,气势磅礴;《我的母亲河》则色调明快,海阔天空。但两件作品却有异曲同工之妙,论工论艺,都是超凡脱俗的。

展览作品争奇斗艳,各有千秋。如董福宁沙画作品《黄河情》,虽然色调并不起眼,但只要你细心去欣赏,就会为其精工细作而倾倒。用黄沙竟然把自然界描绘得苍茫雄浑,形象逼真,令人钦佩。

真想把所有的作品都拍下来在茶余饭后细细品读,和朋友们一起欣赏。直到工作人员催促要下班,我才一步三回头,恋恋不舍地离开。看完展览回来后一直在想:我们的民间工艺作品展览如果能够多次巡回展览,使民间文艺工作者能反复观看欣赏,从众多的作品中学习各家之长,提升自己,可以让宁夏的民间工艺之花开得更加绚丽。愿宁夏民间工艺早日走向全国,走向世界。

张树彬,宁夏民间文艺家协会会员。

一本民俗教科书

◎张云仙

在"美丽新宁夏　翰墨颂党恩——庆祝中国共产党成立 100 周年书法美术摄影民间工艺作品展"的展厅中,一幅 8 米长卷《中国年》格外引人注目。

《中国年》是宁夏民间文艺家协会副主席徐娟梅和固原市民间文艺家协会主席李政牵头,由固原市隆德县文化馆原副馆长张国勤带领民间艺人实施创作的一幅长卷。作品以六盘山麓宁夏固原地区过大年为主题,运用裁剪、印染、粘贴、绘画等多种方式,刻画和记录了大约 20 世纪 80 年代之前固原地区人们从腊月初八进入大年至二月初二开始农耕的乡情乡俗。

以下从画卷右端按照节日的顺序依次欣赏解读。

《中国年》画卷的第一个节日——腊八节。固原地区,腊月里,正是数九寒天,大雪封山的日子。毛泽东诗词《沁园春·雪》中所描写的"北国风光,千里冰封,万里雪飘。望长城内外,惟余莽莽;大河上下,顿失滔滔",也是固原腊月天的生动写照。一片苍茫大地,巍巍六盘银装素裹。

腊八节,固原人要吃腊八饭。腊八饭是用大米、红豆、蚕豆、黑豆、黄豆等煮粥,再加上用小麦面或荞麦面切成柳叶片的"麦穗子",或者做成小圆蛋蛋的"雀儿头",出锅之前再倒入做好的葱花油。腊八饭里不放菜,寓意着来年庄稼地里不长草。人们做腊八饭既企盼来年五谷丰登,也期望能省些

"锄禾日当午"的辛苦。

吃过腊八饭就把年来办。在《中国年》的画卷上,屋里有人在吃腊八饭;屋外,有人在扫院;大门外,有人在用腊八粥糊门神;还有一伙男女老少在"拉冰马"(延续一个传说,在大门外用冰块垒冰马),动作各异,服饰各异,一派生机勃勃的生活场面。

《中国年》画卷第二个节日——小年。腊月二十三是祭灶日,民间俗称"小年",中国传统节日之一。民间传说这一天灶王爷要升天向玉皇大帝汇报一家功过,送灶神便是送灶王爷起程。从画卷中可以看出,人们对这位一年只离开七天的居家之神态度非常虔诚,很是尊重。

自腊月二十三这天起,人们便开始杀猪、磨面、蒸馒头、炸油饼……过大年红红火火,过大年热气腾腾,浓浓的人情,浓浓的年味,呈现在画卷上。

《中国年》画卷第三个节日——除夕。贴春联,祭拜家神,吃年夜饭,"抢头香"。

《中国年》画卷第四个节日——春节。人们在过大年时没有忘记要给自家的牲畜过年:将牛羊马骡等牲畜,赶出来,用红墨水把羊的头上擦红;用绸子在牛马骡等大牲畜头上绑上红的或黄的"嘟儿"。让家家户户的牲畜们感受或者说分享过大年的喜庆。然后一家人吃饺子。饺子里要包进去一些硬币,谁吃到的硬币多,则预示新的一年能挣到更多的钱。吃完饺子,就要出门去给亲戚们拜年了。当然,路上碰到乡亲熟人,也都要问候"过年好";碰到长辈,即便是在街面上,小辈也要就地跪下磕头行大礼。

《中国年》画卷第五个节日——上九。在固原,正月初九,称"上九"。自上九至正月十五元宵节,高抬,马社火,舞龙,舞狮子,赶毛驴,划旱船,喊议程,看大戏,最后看花灯,节日的气氛推向高潮。

元宵节是《中国年》画卷里的第六个节日。在物质缺乏经济落后的年代里,人们充分发挥聪明才智,依旧将生活营造得多姿多彩,气象万千,使得精神生活充实而丰足。房前屋后,用木棒扎起的秋千,用弯木棒和废弃的石碾子组装成的跷跷板,孩子们玩得尽兴。踢毽子,打拐拐,拿着大棒子比武;

放鞭炮,砸钱,赛花灯……游戏丰富多彩,日子红红火火。这就是中国年,这就是中国的老百姓。

《中国年》画卷第七个节日——燎疳。正月二十三傍晚,在场院里点燃柴火,人们依次从火堆上方跳过。小孩子们不敢跳,大人们则抱起小孩子在火苗上方燎一燎,谓"燎疳"。据说燎疳可以祛病消灾。之后,人们用铁锨或木锨将灰烬撮起,高高扬起撒在空中,点点火星形成多姿多彩的花样,人们便高声喊着"麦子花""荞麦花"等,期盼来年又是丰收年。

《中国年》画卷第八个节日——龙抬头。至二月二,过年的仪式即结束,一年的春耕开始。

《中国年》是一幅民俗历史画卷,是体验生活,讴歌时代,弘扬传统,保护遗产,体现匠心的珍贵作品。多位艺人工匠,历时数年,怀揣文化梦想,巧手递变,把十二道工艺流程和中国北方过大年的繁荣景象呈现给世人,展现了中华优秀传统文化经久不衰的独特魅力,体现了艺人工匠们保护和传承中国传统文化的炽烈情怀和高度的责任心、使命感。

《中国年》画卷中的人与动物形态生动,地方特色突出。故事妙趣横生。贵在手艺,重在情意。作品有寄托,能够表达特定情怀,有特殊的个性。构图饱满且富有韵律,色彩鲜艳爽朗,气氛热烈生动,工艺自然灵透,其中充盈着丰沛的心灵汁液,洋溢着刚健本真鲜活的精神气象。《中国年》可以作为一部中国优秀的民俗教科书。

《中国年》用了大篇幅描绘了固原过大年的八个节日,而且在画卷的上方还描绘了固原的地理与历史环境:战国秦长城、须弥山、六盘山、黄河、羊皮筏子、驼队、萧关、将台堡、大戏台……将《中国年》的故事在时间和空间上又延展开去,作为更宽广的重要的艺术创新资源。期待着我们的艺术工作者继续发扬创作《中国年》画卷的不懈精神,以固原的历史地理为经纬,用中华民族光辉灿烂的农耕文化为元素,为我们的国家与民族,为我们的后代描绘出更多更加绚丽多彩的民俗画卷。

张云仙,宁夏民间文艺家协会副秘书长。

艺　品　四　题

◎贾　峰

《扶贫记事：马惟军连环画作品》观后

周一大早，刚到单位就收到了马惟军老师寄来的新书——《扶贫记事》。

这部集子里的很多作品之前在网上和一些展览中见过，但还是难掩再细细翻阅品读的迫切。原因在于，一是这些作品是马惟军老师历时两年精心创作的，是宁夏近年来少有的连环画作品集，在社会上引起了很大关注，获得了不错的评价；二是 2019 年下半年至 2020 年上半年，我也由单位选派在同心县某村驻村扶贫一年，作为同行，又有着相似的扶贫工作经历，我迫切想看看一部完整的扶贫连环画是什么样的。

打开画集，从第一幅《帮扶路上》，到最后一幅《美好蓝图》，共 48 幅。这 48 幅画面记录了作者两年驻村工作时光的所见、所思、所为，完整地展现了一个贫困村如何脱贫摘帽，迈入全面小康社会的视觉图景。近年来，关于"脱贫攻坚"题材的美术创作很多，用连环画形式创作的比较少，而以一线扶贫干部身份创作的还是第一次见。所以，翻阅整部画册，观赏者的第一感受就是真实、亲切、生动、感人，画面的切入视角十分独特，视觉张力与代入感很强，如果没有长期的扎根基层、深入生活、观察生活，创作者是无法实现这样的表达效果的。细看，你会发现这部作品集，不是单纯记录个人扶贫工作那么简单，而是饱含着创作者在脱贫攻坚工作中的很多思考，如对贫困村的产业发展、基础教育、大病救治、旧房改造等问题的思考，尤其是艺术如何援助乡村建设，文化扶贫在乡村振兴中的重要作用等。这些场景的精心构思，都体现着创作者在用艺术的形式思考着现实问题，回答着现实课题，回应着时代关切。

马惟军老师本是著名的油画家，但他没有选择油画的艺术形式，而是选用连环画。这是一种勇气，也是一种智慧。说勇气，是因为现如今连环画读者少，关注度有限，创作难度也极大，往往费力不讨好。说智慧，是因为马老师的创作思维不为艺术形式所限，只要是能更好地、更贴切地表达个人思想的艺术手法，他都善于尝试，去找最佳的切入视角，最终才成就了这部经典的连环画集。

合上画集，我在想，马惟军老师出版这部作品集是非常有意义的。这不是一部一般意义上的绘画作品集，而是倾注着一个艺术家对基层民众日常生活喜怒哀乐、酸甜苦辣的深情眷顾，是一名扶贫干部担当使命的艺术表达，是一幅阐释时代精神的视觉图景。诚如他在后记中写的："每一幅画面的背后都有着丰富多彩的故事，这些是我真正通过身心体会和真挚情感创作出的作品。"

潘志骞书法艺术刍议

潘兄志骞自幼受家学耳濡目染，少时在堂叔指导下提笔习字，而立之年便在宁夏书坛崭露头角。

在"全国第二届册页书法展"上，他以颜真卿的"三稿"为蓝本创作的行书作品获得最高奖，其后又入选了全国第九届书法篆刻展等多项重要展览。取得这样的成绩，对一个年轻的书法家来说，显然是莫大的鼓励，也是他二十余载沉溺法帖、砚田耕耘的必然结果。

中国传统书法艺术最为讲求"法度"的承传,凡历代大成之作都被称为"法帖"。精研练习这些"法帖"是任何一个书法家日复一日、年复一年的必修课,所谓"学不师古,如夜行无火"。可以说,学习书法艺术不仅需要书家极强的创新意识,对传统书学进行现代诠释,还需要书家以虚静之心潜心研磨历代名碑、名帖,于精微处观先贤之笔墨造化。学古、入古、泥古、出古成为历代书家寄身书法的"无上法门"。然师古人之形易,得古人之气息却难。潘兄初学书法以先秦铭文、汉隶、唐楷入手,在《散氏盘》及"汉隶三颂"处用功尤多,后在"二王"、颜真卿、米芾、王铎以及何绍基的名帖上系统学习了行书。因此,他的行书作品整体格调虽属俊逸一路,却不失篆籀之气、碑之古朴。潘兄曾坦言:"浮躁和不安对书法艺术的创作是致命的,因为所有的传统艺术都需要大量的时间来浸润,没有时间的沉淀,书法作品是经不起检验的,纵观经典,莫不如是。"的确如此,学书之路不是一朝一夕之事,书法的研习之道就是"聪明"人持之以恒做"笨事"的过程。"笨事"注定书法之路是艰辛的,枯燥的,漫长的,而"聪明"则要求书家必须具备极高的才气与才情,才气、才情不仅仅表现在书家的创新能力上,也体现在对古人"法度"的认知高度上。

观潘兄近来行书新作,似乎加入了很多碑意的浑厚凝重,使笔法在丰富的同时更加老辣纯粹,在书写节奏上更加强调韵味。潘兄"师古而不泥古",他极为看重书法的书写性,注重个人心性、情绪在作品中的充分表达,点画间才思、情趣尽显其中,于"计白当黑"处"摆布"空间意识的营造。用笔铺毫开合有度,尤其在运锋上,正、侧、藏、露变化丰富,点画波折过渡连贯,起承回转顺势而为,笔力自能沉劲,合乎自然。就单字而言,潘兄平、圆、留、重、变之法兼用,遂使其字微观有形,宏观有势,姿态横生,趣味颇有可观之处。单字的结字与笔势是营造书卷气的核心要旨,一点一画的意趣才能生发出通篇的清新脱俗。近年来,他在米芾处用功尤勤,尤其是在开合的取势上细心揣摩,把米芾书法的裹与藏、肥与瘦、疏与密、简与繁有效地融合起来,追求笔墨的"纯洁"性,从中获益良多。此外,我以为,在潘兄众多的书写形式中,以大字为最佳。书写大字难就难在一个取势上,大字无势则无神采,无势则气韵不出。潘兄所写大字结体舒畅,中宫微敛,疏密变化有度,既保持了单字的重心平衡,又强化了通篇的对比与夸张,这也得益于他以往在汉隶上所下的功夫,也取决于他个人的审美理想与审美趣味的追求。

自古,书法就是承载中国传统文化的独特载体,是中国传统文化标识的核心形态之一。从这个意义上来考量,书法就不仅仅是一门纯粹的视觉艺术了,它的气象蕴含着更多的文化思想信息,书家的人品、学养尽在其中。

详观潘兄书作,凡此气象皆有可观之处。

观马宝军绘画作品的三点感受

近年来,常在一些重要的展览上看到马宝军的绘画作品。宝军是一个不善言谈的人,他深知艺术家是要靠作品说话的道理,他要用作品与现实对话,用作品阐释他的生活状态。

一是宝军的作品取材广泛,手法多样,无论是人物还是花鸟,无论是工笔还是写意,颇有"不立一格"之象。对于一个青年画家而言,宝军并不急于"借古以开今",而是深知"师古为上乘"的至理名言。当下画坛,很多画家为了提高知名度,总会选择一样自己的"拿手好戏"进行程式化的制作,原因在于"符号化"的作品往往辨识度很高,很容易受到藏家的追捧。宝军的心境却很好,尤其是在沈阳大学求学的七年,他从两宋院体画入手,又汲取元、明、清之吴镇、徐渭、陈淳、金农、李鱓、恽寿平诸家,乃至近代张大千、潘天寿都是他取法的对象。然而他所要深入的传统,并不是某一朝某一家的某一式,而是从美术史的发展角度去探寻中国画创作的一般规律。此外,宝军很注重写生,尤其是近两年来,他走了很多地方,见什么画什么,就连自己家中的生活用品也成了他写生的对象。他崇尚传统,却不偏离生活,他清醒地认识到艺术创作要"一手深入传统,一手深入生活",所以我说他的探索纬度是在传统与现代之间。

二是宝军作品中所呈现出的笔墨形态清透空灵,有高古之气。笔墨是中国画的基本形式语言,对笔墨的继承和发扬决定了宝军绘画的发展方向和高度问题。赵孟頫就有"画无古意,虽工无益"之说。宝军十分注重笔墨的语言表达,我觉得他目前之所以广泛取法,其目的就在于探索传统中国画笔墨语言的文化属性,以求找到最为适合自己的笔墨形式。当然,笔墨的探索是一个漫长的过程,不可能一蹴而就。可贵的是,宝军能够将笔墨从"完成表现画面的东西"上升到艺术精神挖掘的层面,在同龄人中实属不易。纵观宝军的作品,他在笔墨形态的驾驭上,小写意要好于大写意,这大概与他严谨淡定的性格有关。尤其是他新近创作的静物系列,在笔墨形态上有南田之风,似又对西方绘画的色彩有所借鉴,很注重对事物质态的呈现。

三是宝军的文化修养很全面,画虽一艺,而气合书卷,道通心性,他的作品中已呈现出一种"正大"气象。文人画的最大特点是讲求诗、书、画、印的结合,这是继两宋院体画后中国绘画形式的新变化,同时对画家提出了更高的要求。宝军自幼就受到良好的家学启蒙,近年来在艺术创作之余,对文化史和古典文学也用功尤勤。文人画的发展底色实际上就是中国的传统文化,这无疑是中国传统绘画千年延绵不断发展的奥秘所在,也是塑造了中国艺术家独有气质的"无上法门"。宝军能够将此作为自己艺术创作的本源,无疑是大道。书画同源,宝军若能在书法上有更多的取法,一定会对他的绘画创作大有裨益。

耿海东绘画杂谈

海东与我同龄,也是同窗,十余年来彼此交熟,因而对他的作品比较了解。看到他近年来勤于砚田耕耘,求索不倦,自然也就有感而发。

一是海东擅于观察生活，长于当代人物画艺术创作。尽管他偶尔也画画山水、花鸟，但最为钟情的还是人物画，在此用功也最多。看到他在同心五道岭子写生的一批人物画作品，顿时眼前一亮，较他之前的作品有了很大进步，我觉得这一阶段的写生体验使他在创作认识上发生了质的变化，不仅在人物形象的捕捉上生动了，同时对笔墨的驾驭也灵动了起来，尤为突出的一点是，这批作品少了之前人物塑造的轻薄感，呈现出人物形态的厚实与厚重。

二是海东勤于笔墨探索，善于吸收传统艺术的精华。中国绘画艺术十分强调对传统的继承和发扬，这是我们的文化传统所决定的。海东在从事当代人物画创作的同时，比较注重从传统绘画中汲取有益营养，擅于从历代各家处取法求真，以此来提升自己对中国绘画艺术内在意蕴的理解，拓宽自己对传统文化深层结构的认知，提高自己对笔墨技法的驾驭能力。他能够自觉认识到，绘画艺术要走远路，必须具备开阔的文化视野和扎实的技法功夫，这一点的确难能可贵。

三是海东惯于思考总结，乐于对自身不足做出反思。艺术水准的提升绝不全是依靠天赋与才华凭空得来的，能够勤于思考、善于总结自身的不足之处同样重要。海东为人忠厚，笃思明辨，善于吸收别人的优点，也乐于总结自己的不足，这在我辈中尤为难得。他十分钦羡古人常常可以诗书画印样样精通，常叹息自己喜画而荒于书法，不能书画同工。显然，海东已经认识并找出了自身不足的补救之法。我想，以海东的勤奋与专心，假以时日，他必能以更加出众的画面呈现于众。

贾峰，宁夏社会科学院文化研究所助理研究员，中国文艺评论家协会会员，宁夏文艺评论家协会会员，宁夏美术协会理论委员会委员、副秘书长，银川市文艺评论家协会理事、副秘书长。

源自生活的诗情表达

——何富成漫画欣赏

◎王清霞

最初认识何富成是在一次笔会上，给我留下深刻印象的是他很率真。在以后的接触中，果真如此，于是，在组织"塞上七子下洛阳"的活动中我邀请了何富成。那次活动因为有何富成的参与，一路诗书画相伴，幽默与风趣同行，非常圆满。

何富成的漫画充满了童趣，初看感觉似曾相识。每个人都有童年的回忆，然而，何富成用漫画的形式表现出来，呈现在大家眼前时，让每个人以为自己曾经经历过。这就是他的漫画《花儿的绝唱》与《虫虫的尖叫》留给读者的第一印象。

何富成的漫画总体特点与他这个人一样率真，甚至纯粹是野生品。他没有上过美院，也没有经历过任何美术方面的培训，凭自己的经历和执着创造的这一系列漫画，颇具独特性。用简单的线条进行勾勒，并赋予那些线条神奇且别样的美感，惟妙惟肖地再现各色各样的人物和事物。何富成笔下的点、线、面讲述着童年故事，讲述着民间故事，讲述着人们生活中不一样的故事。

何富成漫画中，最有意思的是人的形象。有典型的乡村老人，比如"村里红白诸事的总管"，他宽大的对襟棉袄，突出了他在乡亲们心中的威望，他又是高而胖的。这个集民间经验与智慧于一体的形象,容易唤起读者对他的尊重,还有对那一代老人的怀念以及对亲情的联想。他像村中的一棵老榆树,生于斯,长于斯,与脚下的土地密不可分。至于那些矮的、瘦的,比如光屁股的小孩,情窦初开的少女,还有集聚在一起聊闲话的农家妇女,牛马市场上的经纪人等,各种人物不一而足……他都能用简洁的线条组合出生动形象、鲜活多趣、灵动又充满生命力的画面,这与何富成率真的个性何其相似!看他笔下的线条,看他的漫画,能看得出他生活中的每一个足迹,也看得出他用真情描绘着每一个脚印——那些从无忧无虑的童年到充盈收获的中年的所有经历。

前段时间,何富成的一位小老乡结婚,需要我的一幅作品装饰新房。何富成来工作室取作品时刚好遇到我教学生画画。有位家长是西吉人,我就介绍了一下。何富成走后,我拿出了珍藏的何富成漫画集给这位家长看,由于他们两人的家离得很近,生活习惯差不多,他更了解画面的意思。他在看漫画集的过程中给我讲解了图中画面是怎么一回事,等这位家长把两本漫画集看完讲完,我陷入了沉思。

此时,我感觉自己多么肤浅,当初看何富成漫画只是看了个热闹,只找到了童趣,更深的东西我却视而不见。这位家长的讲解,使我感到羞愧,几次哽咽。这段时间我如饥似渴地把漫画集看了一遍又一遍,越看越有味,越看越感动,作为一个画者(画画的人),很想说点什么,可仿佛千言万语也难以描述内心的感受。我想去更多地了解宁夏南部山区孩子们的童年和他们的生活。他们的童年与何富成的童年一样,生活是贫穷的,但精神是富有的,灵魂是高贵的。

这两本漫画集让我重新认识了不一样的西海固,也认识了从西海固走出来,但又不走寻常路的何富成。他时刻围绕着充满烟火气息的当下生活,用美丽的线条讲述着美好的故事。欣赏何富成的漫画,是一个越看越有意思的过程,其魅力还不止于此。

一位密友因在我的工作室看了何富成童年的回忆系列小品漫画集,非常喜欢,立刻订购了他的10幅小画挂在自己图书发行公司的网上。何富成漫画的吸引力不用渲染而自带风景。

何富成曾说,贫困和坎坷都是生活给予他的丰厚馈赠。正因为有丰富的人生积淀,他的漫画才饱含着对生活对人生的理解。他出生于西海固,是农民的孩子,对家乡满怀着深情与眷恋,浓厚的情感隐藏在对父老乡亲喜怒哀乐的描绘中,流润在他笔下的线条上,呈现在他的作品里。他用充满诗情的漫画方式讲述西海固人童年的故事,某种意义上,为那个时代西海固的土地、村庄、树木,乃至永恒风景代言、发声,与今天风景秀丽的西海固共同演绎鸡鸣、狗吠、虫虫尖叫,说着方言、唱着花儿既古老又新颖的逸闻趣事。

王清霞,宁夏美术家协会会员,宁夏文艺评论家协会会员。

热点・聚焦

脱贫路上教育的大义担当

——电视连续剧《山海情》热播启示

◎ 张应辉

反映福建对口帮扶宁夏脱贫致富的电视连续剧《山海情》在社会上引发热议。这部主旋律电视剧几乎每一集都设置泪点，让观众欲罢不能，收视效果绝佳，美誉度极高。《山海情》的热播提振了影视对于主旋律题材创作的信心，只要真诚地对待题材，摄制出精品，观众自会做出真诚的判断与评价，现实主义题材影视剧同样能够产生热播效应。

成熟的阅读者对一部文学作品的关注很重视首尾部分给人带来的审美感受，这种惯常经验对于影视剧的审美欣赏也是很有借鉴意义的。我们可以从电视连续剧《山海情》的开篇与结尾来切入赏析，虽然这不是一部以反映教育扶贫为主题的电视剧，但在我看来教育的影子无处不在，甚至贯穿整部作品，起到了重要的结构性作用。

电视剧《山海情》的首尾很有意味，导演安排了两次"出逃"的戏，这两次出逃都包含着教育寓意。剧情一开始是贫困的涌泉村几个青年逃离家园想到外面谋生。得宝、麦苗、水旺、尕娃因忍受不了黄土漫天、贫瘠的自然生存环境而外逃，打破了村子里祖辈安于天命的生活状态，成为涌泉村天大的事件而被举全村之力去"追逃"。《山海情》的另一次"出逃"戏发生在大结局部分，马得福、马得宝等人的孩子们策划逃出城市，到涌泉村老家寻根。

经过二十几年帮扶之后的闽宁镇得到大发展,城镇化程度极高。托国家政策之福,闽宁两省人民在荒漠戈壁硬生生地建出了新都市,人们安居乐业,到处生机盎然。按常理电视剧到此结束就圆满了,以贫困开始,以脱贫胜利结尾,大结局中马得福、得宝、麦苗、水旺、尕娃等所有人都过上好日子,事业蒸蒸日上,电视剧《山海情》创作团队也算得上功德圆满。然而未完,他们的小子们又上演了一场"出逃"戏,这些忙于事业的成功脱贫者乱成一锅粥,多路汇聚准备去寻找。当得知他们是集体策划逃离城市,逃离各种附加教育,去老家涌泉村看爸爸妈妈的"童年"时,这些吊庄户"得宝们"的心灵突然一震,决定立即回到那许久未回的涌泉村去看一看。这样的神来之笔,使电视剧《山海情》展现的脱贫致富的内涵得以升华,物质的脱贫与精神的脱贫碰撞、融合,成就了马得宝这一代人从物质脱贫向精神脱贫的升华,这是一代人的集体成长。这个电视剧两次"出逃"的回环结构就更加完美,且耐人回味。

《山海情》这部貌似不以教育为主题的电视剧创作却自然而然地凸显出教育在脱贫中的重要作用。脱贫路上教育担大义,它改变人的思想观念,改变人的眼界,在心灵上种植人们对未来的梦想,这正是贫瘠土地上艰难开放出来的"信念之花"。在闽宁对口帮扶中,福建派出支教队伍进行教育扶贫也是整个事业中的重要组成部分,感人的支教故事不胜枚举。尽管热播剧《山海情》没有大篇幅演绎和刻画教育扶贫,但所有剧情让观众感觉关于教育的内涵诠释无处不在。

《山海情》中第一次"出逃"是寻找谋生的出路,马得宝、水旺等人都是白校长的学生,上过学,对山外面的世界有憧憬。他们尽管没有受到完整的教育,但是学校的精神启蒙却在年轻一辈身上汇聚了巨大的推动力,使得他们有勇气脚步朝外,打破涌泉村陈旧的生存状态。哪怕仅仅是冲动而为,这是贫困使然,也是启蒙教育的驱动。《山海情》第二次"出逃"是回归自然。脱贫之后的物质生活条件富足,"得宝们"对孩子的成长期望明显加码,他们像许许多多人一样落入"不输在起跑线上"的谬误中。倘若以起跑线定输赢,所有与大城市有差距的城乡都满盘皆输,更不用说贫困地区。人生不是一次平面的操场赛跑,即便是操场赛跑,在起跑线落后了,尚有奋起直追最终获得胜利的机会。若以起跑线逻辑定输赢,《山海情》中的"得宝们"就注定不可能有后来的成功,他们脱贫致富的事实恰恰对这种谬误做出了有力回击。电视剧通过两次"出逃"情节,把人的教育的重要性提高到本质发展问题上来,精神不贫穷,发展就有希望。即便是当下发达的东南沿海地区,也经历过曾经贫困的年代,教育励志对于战胜贫穷有着重要的意义,即使是一个人的学校,教育也不允许缺失。电视剧《山海情》基于当下社会真实,在大结局部分设置孩子们"出逃",看似是闲来一笔,却触动了屏幕前千万家长的心。回溯剧情开始的那次"出逃",很可能是 20 世纪六七十年代绝大部分人的真实生活经历,如此接地气的现实题材作品,是近年来电视剧创作难得的收获。《山海情》剧中对于人的成长,对于生活的贫穷与富足的反思,提供给我们的审美空间超越了一般主旋律的单向度宣传,切中了真实生活中的社会热点,并且涉及人性的深层问题。因此,实际上在热播剧《山海情》中关于人的教育成长是一条隐性的结构线,剧情开头与结尾的呼应与暗合,拓展了主题立意,提供给观众更多的审美可能。

热播剧《山海情》涉及教育主题的剧情,最明显的是白校长这个人物形象的设置,他同样在整部剧情中起到了结构作用,他的故事贯穿全剧,在很多节点上推动了剧情的发展。从人物艺术形象上分析,应当说这部电视剧所塑造的是对口扶贫、脱贫致富的一组群像,有扶贫领导干部代表吴月娟、陈金山、张主任、马得福,有科技扶贫代表凌教授,有代表教育界的白校长、支教老师郭闽航,还有就是涌泉村村民喊水、大有、水花、得宝、麦苗、水旺、尕娃等。观众对他们都很熟悉,却没有特别集中到哪一个人物形象上,他们是这些年来我们日常生活中真实人物的艺术提炼。《山海情》塑造的这群普通人物积极改变贫困面貌,他们勤劳质朴,热爱家乡。尽管也有像大有这样相对落后的群众形象,有像麻副县长这样落后的官员形象,但该剧并没有将他们作为反面形象来强化塑造。他们在脱贫攻坚的大氛围下改变自己,跟上了社会发展的大形势。这部现实主义题材电视剧正因为把住了脱贫攻坚的时代脉搏,真实精准地为普通干部群众画像,让观众觉得人物形象朴素,没有刻意拔高。这些人物极具年代感,创作如此鲜活的艺术形象足以触动观众的审美情感,《山海情》创造高收视率也就自然而然了。

在《山海情》塑造的人物群像中,马得福、水花、马得宝、麦苗相对比较突出,他们表现出一些共同的优秀品质。他们善良淳朴,能善待家人和邻里乡亲;他们向贫穷抗争,有寻找新生活的勇气;他们勤劳务实,能在任何环境和岗位上干事创业。将他们的生活故事作为主线贯穿剧情,这是涌泉村的脱贫道路,也是村里青年的成长历程。马得福从一个中专毕业生成长为闽宁镇镇长;水花从一个逃婚者成长为村干部、超市老板;得宝从一个无业青年成长为工程公司老总;麦苗从一个打工妹成长为企业高管。他们从涌泉村小学走出,无论完成还是没有完成学业,学校都是他们精神洗礼的地方,他们受到白校长的启蒙教育,身上的优秀品质来自白校长的谆谆教诲。白校长对于他们的人生成长至关重要,马得福在工作上遇到困难,都会回学校与白校长聊聊,因而他在任村支书、镇长等岗位始终不会偏离初心,奉公为民,敢于担当。水花尽管生活坎坷,但对残疾丈夫忠贞不渝,给丈夫换木板轮滑、残疾人拐杖和残疾人专用轮椅,每一次改进都是她用汗水换来的,都是对贫困生活的步步抗争。水花对得福有感情,却没有丝毫暧昧,两人的纯真让整个剧情变得温馨、美好、高尚,《山海情》并没有落入三角恋俗套,人物的形象塑造干净纯洁,有极高的审美品格。水花把学校视为启蒙圣殿,充满了敬意,她从闽宁村回到涌泉村还特意到荒芜的小学去缅怀自己的青春。马得宝这个人物形象身上有正有邪,但是他与白校长的女儿麦苗的爱情关系,使得他在为人处世上受到约束和匡正,始终保持着正气。白校长这个"只想教好书"的教育"老黄牛"身上有着坚韧的优良品质,无论是在贫瘠的涌泉村小学，还是在后来到闽宁村小学，他对学生关爱有加，一心想教好他们。白校长为包括马得福等人在内的学生奠定的人生成长基石是牢靠的，他不仅仅是教书，更重要的是育人，他一心想着学生们在未来的人生道路上不走歪路。电视剧主要展示马得福、水花、得宝、麦苗等人的成长经历，时不时会插入白校长的戏份，他尽管不是核心人物，却是串联众位核心人物的暗线，起到了结构剧情的重要作用。在《山海情》中，学校这块圣地既是文明的启蒙，也时常是开会议事的场所，是青年迷茫时的港湾，从某种意义上说，白校长与校园是圣洁美好的象征符号，因此在拍摄用光时，但凡拍摄到学校或白校长，大都是通透敞亮，给人以舒适的视觉审美享受。

在整部电视剧中，关于教育部分的剧情集中在第17、18、19集。白校长为了阻止海春玲等不满16岁学生外出务工，骑自行车拦堵汽车，不厌其烦去劝家长，甚至与他们吵架，同时他还到县教育局求助；教育局没有拨款整治操场，他拒绝参加合唱比赛；他不待见支教的郭老师，说要的是来了就不走的正规教师；他还卖掉企业的扶贫电脑来资助全部同学参加合唱，并用剩余的钱来修操场……这一切使得白校长的形象显得不是那么光辉，但是他的所做是为了孩子们的成长。在第18集中，马得福陪白校长喝酒，白校长发出"我是不是做错了"的疑问，一根筋地抱定"就想教好学生，不想留遗憾"，认为"没上学，命运掌握不在自己手上"，他批判"条件变好了就认为读书没用"的观点。白校长很清楚教育是解决贫困的根本问题，精神富裕了就有能力寻找出路，就有办法解决物质贫乏问题。他从县教育局抱回来的教具地球仪很有象征意义，隐喻教育兴才能够行走天下，教育扶贫实际上在隐性地起作用。白校长的学生马得福就是一个成功的案例，涌泉村在他的带领下找到了出路，在对口帮扶的政策下，他领着全村老少脱贫致富，过上了美好的幸福生活。

扶贫路上关于支教的感人故事千千万，教育扶贫值得宣传和颂扬。尽管电视剧《山海情》没有花费更多的篇幅叙述，没有刻意地将教育问题放大,但是电视剧首尾两代人的"出逃"情节,以及白校长对马得福等核心人物的影响,使得教育与贫困之间的内在关联带给观众的审美反思是深刻的。这也是当下迈向现代化强国新征程所需要重视的最大的民生问题之一,观众可以从这部剧中得到审美启示。

张应辉,教授,福建省文艺评论家协会主席。

从电视剧《山海情》里的人物关系说起

◎林秀美

电视剧《山海情》主要讲述的是闽宁协作的事迹。电视剧开播后,被青年、中年、老年观众追捧,全民刷屏,在豆瓣上拿下了罕见的 9.4 分的高分。

事迹需要由人来书写,本篇就着重从"人"的角度简述一二。

一、扶贫的最大阻碍是人的思想

扶贫绝非易事。印象中,大家对扶贫困难的认识,可能更多局限于客观条件——大山深处交通不便、土地贫瘠、寸草不生,或者更进一步,是当地政府不作为、当地政策不到位等,导致扶贫工作难以开展。可实际上,扶贫过程中最大的拦路虎,可能就是贫困人口本身,贫困闭塞带来的保守短视、消极认命。

《山海情》一开始就切中要害,从贫困思想阻碍自身发展的角度讲起,让人触动很大。比如以李大有为首的移民"逃兵",不信任政策,没有放手一搏的勇气,对于没做过的产业不敢冒险,一遇到困难就消极闹事,而非理智解决问题……在所有这些消极固化思想面前,涌泉村所面临的客观条件:缺水、风沙大、交通闭塞、产业单一等问题,都显得微不足道。

所以要扶贫,最重要的就是思想动员,做大量的沟通工作,剧中频繁出现开村民大会镜头：动员吊庄、动员种蘑菇、动员外出打工，还有各种类型的闹事现场：孩子出走闹事、没水浇地闹事、蘑菇赔钱闹事，随着矛盾的解决，精彩故事也由此展开。

二、两代人从冲突到和解

扶贫从根本上是一种改变，不同的人群面对改变的态度也会有所不同。闽宁村除了保守派，也有以年轻一辈为代表的激进派。故事的开端，两个群体就形成强烈对比：一边是对强制移民的反对，一边是面对发展无望的家乡，表现出突破现状的强烈渴望——瞒着父母，带上五块钱和一袋土豆，谋划多日离家出走。这两群人也构成了两条主线。

年轻人的主题是"出走"，虽然最初的出走计划失败了，但后来仍都以不同的形式出走。首先尕娃扒火车真正地离家出走，得宝为了寻找尕娃出走新疆，麦苗和水旺先后出走到福建打工，水花虽没有离开宁夏，但带着瘫痪的丈夫和幼小的女儿，拉车七天七夜主动移民，这是一场真正勇气可嘉的出走。

和年轻人不同，老一辈的主题是"观望"。吊庄移民要观望，种蘑菇没看到实际成果要观望，外出打工要观望，让孩子读书也要观望。老一辈就是上一部分讲的具有贫困思想的典型。

于是，身为先锋者的年轻人带领着老一辈，一步步推动脱贫进度。得宝第一个出资建棚种蘑菇，成功赚钱后众人纷纷效仿，让闽宁镇成为蘑菇种植基地；麦苗第一批报名到福建打工，还被评选为优秀代表回乡宣讲，带动更多人外出。这个过程中，年轻人也完成了自身成长，从乳臭未干的孩子变成了有为青年，对父辈也有了更深的理解，麦苗与白校长、得宝与马喊水、水旺与李大有，渐渐消除紧张关系最终和解。

当然也有特例，在老一辈里，村里的老书记，李大有的父亲，在自己儿子强烈反对下支持政策，站出来率先移民，有着年轻人的心态。而年轻一辈的永福,水花的丈夫,却对水花主动吊庄、种蘑菇等行为进行阻拦,他虽是年轻人,却不敢冒险,有着老一辈的心态。

三、帮扶者的三个层次与扶贫关系转变

扶贫,除了扶贫对象外,还有帮扶者。剧中的帮扶者有三个层次。第一个层次,便是与扶贫对象直接产生关系的扶贫工作者,以马得福、凌教授、陈金山为代表,深入扶贫一线,是扶贫政策的执行者和推动者。他们在工作中与扶贫对象共进步,建立了深厚的感情。尤其是马得福,既是扶贫工作者,又是扶贫对象,他是双方沟通的关键人物。群众困难时他可以奋不顾身,仗义执言,群众冲动时也能直言相对而不生嫌隙,对团结工作发挥了巨大作用。第二个层次,福建与宁夏两地政府,具体人物代表就是杨书记、吴主任,他们是政策的支持者与反馈者,一定程度上可以改变政策的落实与呈现方式。第三个层次,是国家。国家是政策的制定者,虽不直接呈现,但整个扶贫环境都是国家赋予的,因此也是最深层次的帮扶者。

这三个层次,相比较而言越往上体现得越少,第一个层次属于重点刻画,第二个层次只在关键节点体现,而第三个层次则完完全全融入前两个层次中,换句话说,剧中出现的所有与扶贫相关的人,都是国家扶贫的代言人,这是藏在剧情背后的主体意志。

帮扶者和扶贫对象的关系,在不同阶段也是变化的。在初始阶段,扶贫对象由于意识落后,在被动接受的同时充满紧张的情绪。而随着事情发展,他们的接受度也在慢慢打开,慢慢成长,甚至由被帮扶者变成了贡献者。比如白麦苗等第一批女工,在最初到达福建工厂时,用厂长的话说,"她们进厂就等于完成上级任务",所以工作不达标也没关系。但是到后来,白麦苗不仅业务能力达到全厂先进水平,还在厂里发生火灾时一个人挺身而出,为工厂抢救生产物资。她完成了从被帮扶者到贡献者的转变。

不仅是白麦苗,闽宁镇从贫困要依靠其他县市浇水灌溉,到发展产业

拉动周边地市发展,也完成了从帮扶对象到产业拉动者的转变。

四、从家庭切入编织关系网络

戏内的精彩离不开戏外人的打造。《山海情》从编剧、语言、角色选择、布景情况等各方面,都是正剧品质,且带有浓重的"侯鸿亮、孔笙"风格。十多年来,一部部好作品的面世让侯鸿亮、孔笙成为品质好剧的代言人,而他们尤其擅长讲社会变迁。《山海情》所反映的也是一种社会时代的变迁。

家庭,是中国文化的最密集展现,是思想、矛盾最容易得到压抑或释放的地方,孔笙导演很擅长以家庭这个微观社会切入,进一步铺开到社会时代。比如《闯关东》,是通过朱开山一家闯关东时的不同遭遇映射东北社会和抗日的时代变迁;《大江大河》也是从宋运辉一家的遭遇展开改革开放发生的巨变;即使明面上讲感情的《父母爱情》,其家庭背后也反映出深层次的时代变迁。

《山海情》也沿用这一手法,马得福一家便是这个核心家庭。他们一家四口中,既有被帮扶者,又有扶贫工作者,既有老一辈,又有出走的年轻人,另外水花、麦苗两个核心人物,也与家里两兄弟有着感情线,得福感情的失败象征着思想的封闭,得宝感情的成功则象征着开明时代的来临。

作品中,帮扶者和被帮扶者,帮扶者中的主动积极者和被动消极者,共同成就了"闽宁模式"。直至今日,"闽宁模式"依旧是东西部协作扶贫工作中的一颗明珠,启发了一代代扶贫人,散发出耀眼光芒。

林秀美,福建省作家协会副主席、秘书长。

以高标准打造落地有声的优秀扶贫题材连续剧
——评《山海情》

◎郝天石

扶贫题材是现实题材影视创作的重点,扶贫题材连续剧一直处于精品稀缺状态。多数作品故事空洞干瘪,人物形象千人一面,全景化叙事虎头蛇尾,对话语言不够生活化,标语口号代替台词等问题屡见不鲜。原因是多方面的,如创作时间不足,故事架构宏大,时间轴长,在对庞大的故事内容进行压缩时为适应影视剧单集长度,从而造成结构失衡和细节表述不足等。

一、《山海情》大获成功的共性原因

2021年1月登录卫视和国内主流视频网络平台的扶贫题材连续剧《山海情》以真实为根基,故事生动完整,演员表演出色,人物性格多面,语言、情感描摹、渲染到位,讲述事件充分铺垫,通过对话、叙事的加速,实现节奏张弛有度。该剧在总体创作思路和具体操作细节有新探索,没有把扶贫题材剧单纯当作粗糙的快餐式作品来对待,而是以观众需要作为创作导向,按照商业连续剧的高标准、精品化创作模式处理。当今的连续剧创作已经不是随机性的创作,而是采用系统化模式进行,由内部和外部两个环境组成。内部环境包含人和作品本身等多个元素,元素之间形成了互相匹配的生态圈,包括优秀的脚本,知名创作团队(机构),强大阵容的偶像级演技派

演员,包容度高的故事,循序渐进矛盾频出的叙事推进方式,充满生活感接地气的话语,真实的生活场景,生动鲜活的人物群像,精致的镜头语言、取景和画面调色。外部环境包括市场档期的安排技巧、投放平台影响力、受众接受力等因素。一部剧只有外部和内部环境实现最优配置才有可能成为爆款剧。

《山海情》囊括了优秀剧集所应包含的内部和外部环境中的全部因素,人的因素主要是编剧、创作机构、演员等。本剧在创作阵容安排方面采取的是集体出击的方式,创作机构由曾经出品过《琅琊榜》的正午阳光承担,知名创作机构良好的口碑能够获得来自政府与民间雄厚的资金支持,在资金和口碑的共同作用下,能吸纳大量优秀编导和演员,从而打造出优秀的作品,形成良性循环的业态,好人才—好作品—好收益—好作品。《山海情》的成功再次说明口碑化创作循环系统的正确性与广泛适用性,优秀编剧、演员和知名创作机构合作,不仅可以获得较高的社会与经济效益,在艺术上也可以继续提高。本剧由高满堂任剧本策划。高满堂是农村题材电视剧创作的高手,剧本没有按照时间轴将需要表现的内容平铺直叙地托出,背景渲染就要占好几集的长度。他从作品开始就以一种悬疑片的节奏为全剧的叙事提速,一下子就抓住了观众的注意力。导演孔笙和孙墨龙都是近几年远近闻名的导演,曾经合作执导《琅琊榜》《欢乐颂》等现象级作品,深谙商业连续剧的艺术效果和市场效益双赢的诀窍。有了多位顶级人物的加盟,《山海情》的整体艺术水平自然就有了保障,受到广泛关注也在情理之中,拉开了与普通扶贫剧之间的距离。演员阵容强大也是该剧能够成为现象级成功大剧的硬件保障,众所周知,互联网时代的影视艺术是互联网注意力经济的一部分,有无明星扮演重要角色,明星能否圈粉,圈粉力有多强,覆盖面有多广,都是剧作能否成为现象级作品的必要条件。本剧几乎集中了中青年实力派与青春系演员,特别是有西部地区背景的演员,可谓是一部标准的明星剧。中年观众喜爱的张嘉益、尤勇智,近些年广受青年观众好评的黄轩、郭京飞、热依扎等。这样的演员配置说明编导和创作机构很好地掌握了受众群体分布的广泛性，不定位于某个单一类型，配合播出平台的台网联动，让观剧人数达到最大化，使这部年度重大题材连续剧能在最广大群体中产生有影响力的话题。充分利用互联网资讯和网络评论等软性方式进行推广，选择2021年年初剧集空白档期投放。上述综合因素都让该剧有机会成为现象级大剧。

网台联动保证传播效果。本剧采用网台联动的全方位播出模式来加强传播效应，在腾讯、爱奇艺、优酷三个平台上同时播出，也安排在多个卫视的黄金强档，说明该剧题材重大，也说明制作方传播策略的高明和实力的雄厚，播出平台的多样化、全覆盖也和剧集的类型、观众定位一致，只求能最大限度地吸引更多的观众。

二、《山海情》于共性中与众不同

在标准模式之外，《山海情》自身的特色也非常独特。首先，片名的设计就很有创意，《山海情》的剧名含蓄且富有诗意，一个是面朝大海的东部发达省份，一个是地处高原的西部贫困地区，由于脱贫攻坚使两个遥远地域的心凝结到一起，也让相隔千里的山和海走到了一起。福建对口帮扶宁夏的扶贫干部怀着对贫困地区人民的深厚感情，积极投身到帮助西海固脱贫的艰苦历程中；西海固地区的村干部和纯朴的农民怀着感恩之情奋发图强，将贫瘠的干沙滩变成了金沙滩，因此，"情"字道出了在脱贫攻坚伟大战役中不同地区之间互帮互助的真情与凝聚力。

其次，创作者为作品树立了核心关键词——未来，这个词包含深邃的含义。上级许诺将没水没电的玉泉营建成现代化塞上江南的愿景能否实现，老乡们每个人心中不同的未来能否与大愿景共同实现，其中要经历怎样的途径，克服哪些困难，这些悬念引领着观众以探秘的心态去窥视全剧。这也是国内外许多优秀作品通常使用的手法，未来的含意不仅要用语言表达,更要使用完整的故事和鲜活的人物去表现。主人公马得福首次亮相时,老乡就说"未来怎么好,但未来还是没有来么",可见西海固老乡们对于未来的期盼是那样热切,同时也带着疑虑,没有新的扶贫政策就不会有脱贫攻坚的成功。在帮扶双方共同合作努力下,未来不再遥远。故事从一开始就暗示观众:脱贫之路必然存在坎坷,这些坎坷形成的矛盾就是不断推动故事向前发展的动力,为全剧故事的铺开埋下了伏笔。

最后,本剧是使用西北方言的剧作,由此可以看出创作者要摆脱扶贫剧中标语口号化语言所带来的生硬与僵化。使用方言的优点在于可以瞬间将观众带入故事发生地的环境中,从而理解剧中人物的行为举止。方言语汇生动活泼,浓缩了丰富哲理,多诙谐幽默的歇后语、口头语,不同的语言习惯、口音、词汇甚至口头禅,寥寥几笔就将人物的年龄、性格、社会地位勾勒出来,这样的处理便于塑造鲜明的人物形象,一改扶贫题材主旋律剧中千人一面的状况。

三、《山海情》中体现出的主旋律电视剧创作规律

《山海情》以宁夏西海固地区脱贫为主题,彰显影视创作贴近生活、反映时代最强音的能力,拍摄主旋律剧强调政治意义和现实感,也强调审美价值。宏大主题也要通过精致的艺术表现才能吸引和感染观众,这个过程中的艰难险阻和物质、精神生活的改变导致内心的变化等要通过心理和语言上的细节描绘来传达。该剧在艺术手法和传播方式上引领了当今主旋律连续剧创作的潮流,为重大现实题材影视的创作积累了经验,具有普遍性规律。

（一）精准选择题材与内容

《山海情》的成功经验说明要完成好重大现实题材作品的创作任务,平时就要重视对原创资源的收集和筛选,从中选择出最适合的内容进行创编,在最大范围内集合优质资源,从而完成一部精品。

（二）撷取真实事件为剧本创作提供新的来源

《山海情》不是文学改编剧，但将扶贫剧的现实意义凸显得更强。在网络文学盛行的年代，连续剧的创作依赖成熟的文本来源，强调其完整化、文学化，但往往忽略时代感。文学改编固然会吸引大量原作的读者自动转化为观众，但时常出现情节雷同、失实等问题，况且网络作家较少愿意触及重大现实题材。在实现全面建成小康社会伟大目标中有太多可歌可泣的事迹和故事亟待表现，期待出现表现扶贫主题的文学巨制，但在缺少文学脚本或者文学脚本表现力不够强时，也可以考虑其他路径来加以弥补。尤其是重大历史或现实题材往往带有时间节点，临时寻找或者创作完整的文学作品时间上不允许，质量上也难有保障，用真实事件加以改编更为便捷且有实际意义，有利于实现创作速度与质量的双赢，因此要在带有时效性的现实题材创作上取得突破，就要抓住其中有代表性的故事，抑或是相关新闻中的热点内容，深加工为脚本。

（三）高质量影音提升品质

《山海情》借助数字高清影音为作品增光添彩，用电影级的画面拍出西北山川的壮阔，也拍出从贫瘠到富裕的巨大变化。本剧的调色偏于中暖色，符合黄土高原的特征，暖色的基调也给人以朴实厚重之感，与故事非常匹配，同期录音效果现场感极强。

（四）真实性让剧作精神入脑入心

对事件真实性的信服是让观众产生共鸣的重要因素之一，真实事迹比任何文学虚构都更感天动地。福建扶贫干部坚持对口支援帮扶宁夏贫困地区多年，在崇高思想品德和毅力指引下，前赴后继从未中断，如果了解这些背景，观众会被剧中情节和无私奉献的情感触动，对扶贫干部和贫困地区自强不息的人民产生敬意，剧作精神入脑入心，作品自然容易立住。

《山海情》在题材、人员、平台等方面选择了正确的路径，不仅是一部极具观赏性的年度力作，也是致敬英雄的一份精神厚礼。

郝天石，天津市艺术研究所副研究员。

《山海情》:时代叙事的诗与思

◎郎　伟

众所周知,对正在行进中的生活或者刚刚流逝不久的岁月做艺术聚焦与描画,从来都是一件困难的事情。困难之处不仅在于眼前的生活尚处于纷扰和变化之中, 更在于艺术家们的创作思维往往还处于酝酿和发酵当中——他们的思想和情感沉淀还未能达到应有的深度和广度,进入复杂的现实生活的新颖独特角度也还没有寻找到位。当然,我说的是通常的艺术创作现象。近日,认真观赏了电视连续剧《山海情》,感觉这是一部突破了许多现实题材类影视作品常有的"浅直露"弱点的优秀之作。作为一部准确而有力地表现了时代重大主题而又叫好、叫座的电视连续剧,我以为《山海情》的成功之处有以下两个方面。

首先,《山海情》以一种真实坦率的现实主义情怀,艺术地再现了西北贫困地区人民在党的正确领导下"脱贫致富奔小康"的不平凡历程。20世纪90年代之后,伴随着中国社会改革开放事业的持续推进,偏远落后地区的整体"脱贫攻坚"工作成为党和政府萦系于心的一项重大工作。宁夏的西海固地区,素以"苦瘠甲天下"而闻名于世,一直是国家脱贫攻坚工作的重点和难点。如何帮助西海固地区的人民早日摆脱长期贫困的生存困扰,真正地走上自我创业、生活富裕之路,就成为地方各级人民政府必须完成的光荣使命。然而,真的要使贫困的农民彻底摆脱自然生态恶劣的生存环境和旧有思想习惯,完成白手起家、自我创业的转换,又是一个何等艰难的过程。《山海情》以地处海吉县的涌泉村村民搬迁和创业的故事为主要线索,真实而生动地还原了 20 世纪 90 年代以来西海固农民的命运变迁——故土难离、新家难立,宁可守成、不想逐梦,创业艰难、徘徊歧路,走出大山、面对大海,所有贫困地区的农民在搬迁和脱贫过程当中所遭遇的生活情状和心灵波澜,这部电视剧几乎都涉及了。令人称道的是,作为一部有着宏大主题和时代叙事色彩的主旋律电视剧,《山海情》并没有给我们留下刻板有余、生动不足的印象。相反,这部电视剧以元气淋漓的现实主义情怀和朴实真率的叙事方式,异常具体而生动地展示了西北地区农村和农民生活的质感和样态。所有的人物和事件都是扎根于西北的黄土地和戈壁滩上的,所有的情感和生活样貌——对过去生活的怀念,对新的不确定生活的怀疑,由于贫困太久而对利益格外计较,有人愿意吃苦耐劳,有人愿意做懒汉等,都精准得仿佛生活本身。如是,《山海情》便成就了它的一段令人惊叹的艺术佳话:主旋律和时代叙事也可以拍摄得活色生香。

《山海情》的第二个成功之处,来源于它曲折动人的故事和出色的人物形象塑造。我们都知道,长篇电视剧是放送给大家看的,它的叙事动力,一是故事的绵密和紧凑,二是演员的精彩表演。观赏《山海情》,几乎不用担心这部剧作当中会没有故事。从摄像机镜头对准涌泉村村民开始,复杂纷扰的生活事件和性格各异的人物便成为《山海情》这部电视剧最为吸引人的内容,水花的婚事,马喊水和得福、得宝父子的各自打拼,涌泉村七户村民的返回,新村庄通电的艰难、引水的不易、种蘑菇一波三折、海吉女工三千里外打工……电视剧所演绎的所有故事都带着浓浓的人间烟火气和生活本身所提供的合理逻辑。我们观赏这部电视剧,经常会情不自禁让自己走入剧情。因为我们平常所接触到的西北农民和西北乡村故事,正是眼前剧中所扮演的各色花样!当然,一部电视剧的成功,尤其是动人故事的演绎,还有赖于演员们的精彩表演。当我们言及《山海情》的成功,便不能不提到这部电视剧中演员们的出色奉献。正是因为有了张嘉益、尤勇智、姚晨等资深演员们的精雕细刻和黄轩、热依扎、黄尧等青年演员们的一丝不苟,《山海情》才呈现出了西北乡村生活的原初面貌,开启了不同地域的观众重新打量福建和宁夏山川的崭新视野。

郎伟,中国文艺评论家协会会员,宁夏文艺评论家协会主席。

《山海情》带来的几点思考

◎闫宏伟

1月27日,由国家广电总局主办的电视剧《山海情》创作座谈会在北京召开。当日,《新闻联播》用了72秒的时长来报道《山海情》创作座谈会情况并多角度分析该剧取得成功的原因。

目前该剧创造了4.4亿次的播放量,受到各年龄段观众的追捧,对于宣传我们宁夏和我国在扶贫方面取得的成效来说,是个极好的成绩。

《山海情》首轮于1月12日在浙江卫视、北京卫视、东方卫视、东南卫视、宁夏卫视播出,并在腾讯视频、优酷、爱奇艺同步播出,豆瓣评分9.4分,第二轮在中央电视台电视剧频道播出,成为2021年开年最受关注的电视剧作品。

在观看《山海情》之后,对该剧取得成功并值得我们学习经验的一些点和存在的一些问题,结合剧作背后的故事,就如何推进我区的文学创作,有一些思考和想法,与大家一同探讨。

一、带给我们的启发

始终围绕着国家扶贫和百姓脱贫中出现的矛盾和问题,是《山海情》能抓住观众的一个成功之处。比如搬迁问题、农村基础设施建设问题、基层政府和组织为老百姓引入一些种植和养殖产业出现滞销问题,一些政府工程和市场开发项目出现拖欠农民工工资问题,形式主义和官僚主义问题,干群关系问题,以及一些具体的问题,比如贫困户将扶贫项目中的羊、珍珠鸡吃了,扶贫贷款发放和宅基地的分配等,这些问题在宁夏某些区域发生,看似具有独特性,其实也在全国其他地方存在,具有一定的普遍性。但这些问题都是关系百姓民生的事情,所以会引起观众广泛的关注。《山海情》的编剧敢于直面这些问题,没有生硬地通过政策、文件、会议和主人公的高大上形象来阐释,而是通过基层一些干部和百姓的真实情感和艰难生活逐渐来解决这些问题,是一种真正以人民为中心的创作,让观众看到了真,也通过真打动了观众。

我们现在的创作和编辑出版工作,存在着一定的遮丑现象,许多问题都不敢也不能触及,作品中不见因只有果,缺少梳理问题、出台政策和解决问题的过程,过多的笔触都在展示成绩、描绘未来,让读者看着非常假。纵观人类发展史和文学史,文学作为思想意识形态中的一个重要项目,既要歌颂伟大的时代和人民,也要记录社会、民族的发展和人的进步,还要发现和艺术展示存在的问题。如果出现厚此薄彼,就会带来阅读中假的感觉。2019 年 3 月 4 日,习近平总书记看望参加政协会议的文艺界、社科界委员时讲道:"一切有价值、有意义的文艺创作和学术研究,都应该反映现实、观照现实,都应该有利于解决现实问题、回答现实课题。"

通过"深入生活、扎根人民"来提升作品质量,是《山海情》演员和剧组打造精品的关键。编剧王三毛 2019 年以来多次深入闽宁镇、西海固和福建采访,演员黄轩、白宇帆、热依扎与人物原型谢兴昌、群众演员赵鸿和当地干部王虎荣等,通过交流、取经,了解他们建设闽宁村时的艰辛,来丰富和贴近自己表现的人物。围绕闽宁镇这个题材,创作和出版的作品不少,电影、电视剧、广播剧、电视纪录片,以及纪实类文学书籍《闽宁镇记事》《石竹花开》(国家乡村振兴局、中国作协确定的项目,国防大学军事文化学院文学教研室主任侯建飞创作,被作者、读者和主人公一致认定是"蘸着眼泪写成的作品")等,我个人比较认可《山海情》和《石竹花开》。

二、《山海情》存在的一些瑕疵

思想精深、艺术精湛、制作精良,是衡量文艺作品是否达到精品的标准。因为制作时间较短,《山海情》也难免存在一些小问题。

1.剧中马喊水是西海固地区一个偏僻村子的代理村主任,在20世纪90年代就能说出西海固"苦瘠甲天下",而在剧中没有看到他学习、读书读报的镜头,这有点不符合他的身份,不符合生活的逻辑。

2.剧中闽宁村移民在抽水泵站要水,与水站职工发生冲突并导致打架事件,观众从镜头上看到的是"假打",这也是国内影视在制作此类场景中的一个通病,说明我们的拍摄还存在着提升的空间。

3.剧中县里召开三干会,一是参加人员和人数与真正的三干会相差太多,另外青铜峡的高书记也出现在领导队伍中,也是不符合现实生活的。

4.剧中水花扮演者热扎依的宁夏话,实在是让观众忍俊不禁。本来全剧以陕西方言为主,而热扎依的方言配音,既不是陕西话、甘肃话,也不是新疆话,更不是宁夏话,虽然演得很到位,但一听她的配音,实在是让观众无奈。

当然,这些都是小问题,瑕不掩瑜,整体作品还是非常精彩。

三、如何繁荣宁夏的文学创作

1.让更多的文学作品走出宁夏,改编成优秀的影视作品。

2020年11月28日,第33届中国电影金鸡奖颁奖仪式在福建厦门市举行,根据宁夏作家漠月的短篇小说《放羊的女人》改编、由北京电影学院青年电影制片厂投拍的文艺电影《白云之下》导演王瑞斩获最佳导演奖。《白云之下》2019年曾荣获东京国际电影节主竞赛单元"最佳艺术贡献奖",在

2020 年上海国际电影节"一带一路"电影周上作为开幕影片进行放映。

2019 年由宁夏作家石舒清的小说《表弟》改编的电影《红花绿叶》，获第 32 届中国电影金鸡奖颁奖典礼暨第 28 届中国金鸡百花电影节最佳中小成本故事片奖。

近年来，由铁血网签约的宁夏网络作家山村沙漠的网络小说《活着》改编的 50 集电视剧《太行英雄传》，在 CCTV8、东方影视频道、天津影视频道等平台热播。由宁夏网络作家黄河谣同名小说改编的 24 集电视剧《大夏宝藏》完成拍摄。由宁夏作家张学东的中篇小说《裸夜》改编的电影《夜跑侠》正在拍摄中。还有宁夏作家季栋梁、赵华、我本疯狂等多位作家的小说作品，也陆续被国内诸多影视公司购买了影视改编权，进一步凸显了宁夏作家的创作实力。

2. 如何改变宁夏提供影视素材的尴尬局面。

围绕自治区中心工作重大主题，组织作家实施"深入生活、扎根人民"工作，创作出一批优秀的文学作品。《六盘山上高峰》创作组在宁夏基层经过 3 个月的采访，对基层村级两委班子的工作有了全新的认识（愿意干事、能够干事、敢于干事）。努力培养宁夏的编剧队伍，让更多更好的文学作品能够被改编成优秀的影视作品剧本。

对于"社会主义是干出来的"、生态建设（包括治沙）、民族团结、葡萄酒产业等主题创作，早做创作、出版、改编、拍摄规划，可以引入一些合作伙伴，避免好的东西被区外挖走。

闫宏伟，宁夏作家协会副主席、秘书长，中国电影文学学会理事。

我的闽宁情

◎王　中

最近《山海情》正在热播，这部以闽宁镇为原型的电视剧，生动地再现了习近平总书记亲自擘画的东西部合作的典范——闽宁镇，由干沙滩变成金沙滩的过程。闽宁镇的意义在于，开启了由向南部山区帮钱帮物的救济式扶贫向整体搬迁拔穷根式扶贫的转变，并且以点带面，在宁夏形成了诸多"闽宁镇"，成为可复制可推广的扶贫模式。我一边看着电视剧，一边回忆在同心帮扶的福建干部。

2007年我到同心工作，当时福建帮扶同心的工作由泉州市承担，扶贫工作队已经是第五批了，组长是惠安县原常委蔡荣清和科级干部黄炳泉。蔡荣清当时挂任县委副书记，小黄是县长助理。2007年秋天，整合了各类扶贫资金，建设当时较大的移民村，老蔡又从惠安筹集了几百万元，这个村被命名为惠安村，他又把台湾老板田先生引进来，建了惠安小学。第六批扶贫工作组是傅子评和戴江华，第七批是南安市的薛建明和陈泉明，这两批工作组先后筹集两千多万元，建设了南安村，中医院的南安楼。

之前的四批扶贫工作队先后建了黄石村，县招待所的石狮楼。在同心还有安溪小学、永春幼儿园，这些以福建省地名命名的建筑物，都是对口帮扶的产物。

在和福建帮扶干部接触的过程中,让我感触最深的有四个方面。一是务实。他们不善言辞,但谋事和做事都非常实际。二是低调。他们中的几个人都来自乡镇,他们这些镇的收入超过了同心县的收入,但从不咋咋呼呼。三是亲和。挂职干部和当地的干部以及群众相处得很好,包括第一批的黄水源,第二批的何敬锡,第三批的林天虎,这几批干部我没有接触过,但经常能够听到县上的干部讲他们。四是重情。福建属于沿海地区,他们仍然保留着重情义的传统,这么多年,我和他们一直保持着很好的友谊,他们每年会寄些海鲜和茶叶来,我给他们寄些枸杞,一直有联系。

《山海情》是成功的文艺作品,宁夏在宣传方面还可以做更多。比如在电视剧热播期间,宁夏、福建两省宣传部门联合发起"观《山海情》,话闽宁情"大型系列活动,多媒体、多角度、多形式展现闽宁合作,将会产生更好的宣传效果,形成强大的轰动效应。

2009 年,福建代表团来宁夏,泉州市分团的团长是黄少萍(当时任泉州市委副书记,后担任泉州市委书记,不幸于 2015 年 4 月因病去逝),在同心现场拍板了几个项目。

闽宁合作还有一项内容,就是厦门大学的研究生来宁支教,第一年先到海原支教,当时惠安县广电局局长许嵘山的女儿许夏冰就在其中。我当时也就是请这些同学吃个便饭。现在我们两家就像亲戚一样,今年夏冰要结婚,订婚时候叮嘱我们一定要去参加婚礼。

许嵘山发来信息:"说起闽宁情,点点滴滴,时间、地点、人物、细节,您如数家珍,历历在目,黄土高坡般质朴、深厚、宽广的赤子情怀,令我感动不已!我女儿这一辈子做得最对的一件事就是有幸选择到海原支教,不但亲身体验'吃苦就是吃补'与'帮助别人其实也是善待自己'的人生哲学,亲身领略黄土高原的辽阔以及这块土地上人们的善良朴实、忠厚豪爽、深情大义、坚韧不拔,更万幸的是遇见您和您的家人。让夏冰在千里之遥的异乡,时时感受到父母般的关爱和浓得化不开的亲情。不瞒您说,那段日子,一想到在千里迢迢的塞上高原,有不是亲人胜似亲人的王兄一家人,我就能省却多少对夏冰的牵挂,晚上就会睡得特别香! 所以,如果说,闽宁的《山海情》是一部感天动地的活生生的人间大爱大戏,那么,咱们两家跨山越水的亲情,就是其中一个暖透人心的情节。《山海情》我还没看,但看过《人民日报》《光明日报》《文汇报》《福建日报》的若干评论,可以说是好评如潮啊! 我要赶紧补看,重温闽宁情、亲戚爱!"

夏冰一年支教行,酿就的一定是我们两家一生一世的亲人情缘,结的是闽宁两地亲戚的一世情缘,闽宁两地共建青山绿水的永恒友谊,《山海情》表达着我们共同的感谢、感恩和感激!

王中,现任职于宁夏回族自治区信访局。

艺术·评论

声乐艺术及其审美

◎马成翔

◎袁凤梅

随着时代的进步和人民大众科技文化及生活水平的不断提高，人民群众对美好生活的需求也在不断增加。在专业声乐艺术的引领下，群众性声乐演唱活动在全国各地广泛开展。这对推动中国特色社会主义文明社会建设，活跃群众文化，提高广大人民群众艺术审美情趣，具有十分重大的意义。如何从理性的高度来认识声乐艺术，提高大家对声乐艺术美感的认知。笔者从声乐艺术及其审美方面，谈几点意见，供大家参考。

一、声乐艺术

声乐艺术是各种形式的歌曲演唱活动，是人类音乐活动最普遍的形式。它通过人的声音塑造艺术形象反映现实，抒发人民群众生活感受。

声乐艺术，是以人的声音为载体，结合诗歌的演唱，使用音乐的技法技术传递思想感情及其内容的一门艺术。由于它的便捷及在人群之间沟通和传递的直接性，从人类诞生至今，声乐艺术一直深受世界各地人民的喜爱，并伴随着世界各民族人民久远的发展演变，形成了无数具有民族特色、地域特色和审美情趣的经典声乐作品。

声乐艺术的展示，一般通过史诗、民歌、各种戏剧（包含歌剧、话剧、舞剧等），各民族民间习俗活动，近现代以来的电影、电视配乐演唱，专业和业余歌咏比赛，视频音频的播出与出版发行，专业演员或人民大众在不同场合下自我欣赏，以及一定范围内的表演等活动来实现。

歌唱，或唱歌，属于声乐艺术的范畴，但一般演唱的是有特定歌词内容的歌曲。在声乐艺术的展示中，有时也用没有具体内容的人声来体现完整或部分艺术作品，它们常常在一定的艺术形式中，表达特定的背景与思想情感。

声乐演唱时，演唱者在其大脑的指挥下，由口腔内喉头中间两条呈水平状闭合较好的声带，在胸腔及腹腔发出的气流冲击下振动而发出的带有语言的声音。音的高低，是把声带拉紧或放松，并通过胸腔、腹腔和颅腔等腔体的有效共鸣，放大形成声乐。

儿童时期男女声音高是等同的。十二三岁以后，女声的音高不变，而男声要经历一个变声期，待声音定型后，整体音高比女声低一个八度。一般情况下，较长、较厚和较宽的声带，可演唱音域较宽、较厚和较低的声音，从而形成较大号的，或较雄厚低沉的中、低音；而较短、较薄和较窄的声带，可演唱音域较窄、较薄和较高的声音，形成较小号的或较单薄明亮的高音。

声乐演唱艺术，一般有独唱、齐唱、重唱和合唱等形式。

独唱、齐唱一般采用单旋律，用男声、女声或童声来展示。成人的男女声齐唱，是相差一个八度的齐唱。

重唱，有同音色的组合，如男声、女声或童声的二、三、四声部重唱。四部以上的重唱，一般情况下，多出的声部是四声部中某个声部的依附声部。

重唱也可以用不同音色来组合，形成男女声或童声等组合的二、三、四声部重唱。西洋历史上还有一种叫"阉声"的唱法，就是皇室宫廷内去除男性生殖功能的人演唱。他们发出的声音近似女声的音高与音色。随着时代的进步，现已基本没有这种唱法了。

合唱，也分为同音色或不同音色组合。同音色中有女声、男声、童声合唱等。不同音色组成的合唱,一般称为混声合唱,也称作大合唱。但其大小,主要看题材、结构、声部的多少和演唱的难度,不能只看人数多少。

二、声乐艺术的种类及其所必须具备的专业技术

独唱。无论是何种唱法与音色的独唱,都是由一位演唱者单独完成的。观众或听众通过演唱者较为成功的艺术再现,在较为妥帖的伴奏包装下,体味其具有特色的思想内容及旋律线条而形成的声音艺术,从而得到身心的陶冶和美的感受。因为是由一位演唱者单独完成的,故需要其具有较为高超的技术素养:纯正的音色、较宽的音域、良好的音准、稳定的气息处理、较高的音乐理论和视唱练耳水平,以及对作品全面而有效的把握能力。

重唱与合唱。重唱与合唱的完成则需要两人以上至数百人。较为优秀的重唱与合唱,演唱者也需要有较高的专业技术和艺术修养水平。

成功的声乐演唱,作品的选择也尤为重要。在现实社会中,经过历史筛选而流传下来的声乐精品一般只是同时期所产生作品的极少部分。究其原因,主要决定因素在于作者对优秀传统文化继承的深度与广度、有效借鉴外来文化的深度与广度、专业技术的精度与广度,以及艺术捕捉能力的强弱。经典的作品与优秀的演员,是实现声乐艺术最为重要的前提。

经典的声乐作品,一般要具备三个条件:一是要有优美动人富有特色的主部及副部旋律线条;二是要有精湛的旋律写作和多声部写作的技术和方法;三是要有较为经典洗练的结构模式。它的基础是使用什么样的和声学和写作的手法,即用主调音乐写作方法还是用复调音乐写作方法。

和声学在重唱与合唱的实际应用中有着多种选择,通常是采用传统西洋和声。西洋和声学主要是从音的泛音列中总结提炼出的。任何一个较低的基础音上,我们都可以辨听出至少十六个泛音。西洋和声学利用泛音例中第四到第七泛音的三度叠置方法,归纳总结成三和弦、七和弦和九和弦等。再根据主、下属及属的性质,在音乐的展开中进行有机的连接。

第二种是采用中国传统的调式和声。调式和声也是从基础音的十六个泛音式中,采纳第二、第三、第四和第七至音形成的方式,用五度叠置及其转位的方法,从中归纳成各种和弦,再将它们根据主、属及下属的性质,在音乐的进行中有机地连接与进行。

第三种是采用近现代无调性音乐的作曲方法而形成的和音。使用各种音程,主要是大小二度音程的叠置,根据其协和的程度来进行和声的连接与进行。

在主调音乐的多声部写法中,主旋律以外的声部属于主旋律的依附声部,是对主题的加厚与装饰。而采用复调音乐写作方法,则需要在统一的和声进行的基础上,写出与主旋律在旋法、结构、织体、节奏,甚至调式、调性上相对比的其他两个或多个主题,有时也称作主部与若干副部,它们同时或先后发音呈现,形成用复调音乐的多声部效果。

声乐演唱的伴奏一般采用钢琴或手风琴,也可采用多种编制的小型乐队或大型管弦乐队来伴奏。但必须注意演唱本身与伴奏的协调性,不可喧宾夺主或对演唱造成一定的干扰。在合唱中,也可采用无伴奏合唱,即不使用任何乐器或乐队的伴奏来演唱。但无伴奏合唱并不是没有伴奏,而是在演唱中使某些声部承担节奏型或背景和声,来为其他声部伴奏。

三、声乐艺术的审美

什么是美? 一是形容词。美丽、好看,如:"这姑娘长得真美""这景色好美呀",它相对于丑。二是动词,使美丽,如:"美容""美发"。三是形容词。令人满意,好,如:"价廉物美""日子过得挺美"等。这是常用的三个义项。

美学,是研究自然界、社会和艺术领域中美的一般规律与原则的科学。主要探讨美的本质,艺术和现实的关系,艺术创作的一般规律等,如自然界的青山绿水、碧海蓝天、绿树红花、冰天雪地、健康人体等美,外观美与内在美、显性美与隐形美、过程美与结果美等。

声乐艺术的审美，主要包含内容、内涵与外在形式的美，自然、物理与意识形态的美。

1.作品思想内容的美

任何一部艺术作品，都包含一定的思想内容。纵观数千年以来流传下来的优秀声乐作品，我们发现，它们往往以歌颂美好事物为主要内容，其中多数是人们对男女之间美好爱情的称颂，目的是鼓舞人民群众追求幸福，努力奋发向上。也有对悲剧情景的倾诉，对丑恶和落后现象的揭露与鞭笞，以及对中间或灰色事物的描写，但这一类的描写总带有一定的故事情节和趣味性。所以，在选择和展示声乐作品时，我们就必须站在历史与民族文化传承的高度，以最广大人民群众的认可和最能够彰显民族特色的审美情趣为出发点，把自己与艺术作品融为一体，去窥测作品的思想内容美。

2.旋律线条的美

声乐艺术的线条美，就是曲调优美，好听动人。我们在五线谱上，把一条旋律的音头用线连接起来，就看到了一条上下起伏的线条。在音乐中，人们是用听觉来捕捉这个线条的，虽然它是一种抽象的存在，但它与自然界中的线条具有相同的意义，是展现作品内涵的主要手段，也是实现声乐审美的重要方法。

线条美，是自然界普遍存在的一种现象。绚丽多彩的大千世界，到处展示着线条的美。飘动的柳丝、苍翠的松柏、激越的浪花、飞流的瀑布、延绵的山峦、巍峨的冰峰、游动的鱼儿、翱翔的山鹰、飞驰的骏马、温顺的小猫、喷薄的日出、绚丽的晚霞等，这一切都展示着大自然的线条美。美的线条构成了美的世界，美的世界给我们美的享受。

声乐艺术中线条的美感，像一条上下左右自如游动的鱼儿，在听众脑海中阴阳属性不同的点与线上有机游动，又经过不同层次的变化和重复再现，在听众心目中形成一个鲜明的艺术形象。中国传统审美，也特别强调线条的美。由于声乐艺术中的线条不像自然界与其他艺术形式中的线条与人的沟通直接明了,这就需要我们必须全方位、深刻地体会、展现和捕捉旋律线条,从而带给自己和听众身心上美的享受。

3.调式、调性的美

在人类音乐的形成和发展中,调式、调性的形成,是有其内在的自然规律的。音乐中十二个半音上的每一个音的调性音高,其阴阳属性是截然不同的,这与地球上一年四季寒暑变化一样,不同的音高位置,具有不同的阴阳属性。中国民族乐器和大部分西洋乐器的定弦和筒音,都是以"D"为中心的。它越往右边方向以五度相生展开,其性质就越显"阳"或"硬";反之,越往左边方向以五度相生展开,其性质就越显"阴"或"软"。现代西洋音乐在软硬上的对比,大部分是靠和声小调与自然大调来实现的,可中华"五声调式体系",有 360 种调式供选择,而且其中每两种调式的软硬程度都是不同的。因此我们在创作和演唱声乐作品时,要充分注意作品内容、情绪与调式、调性的关联性,以便准确地再现作品的思想内涵。有很多作品,创作时的想象与实施时的效果差异往往很大,究其根本原因,就是调式与调性选择上的失误。在我们生存的宇宙中,任何事物的存在,都是有其阴阳属性的。对立统一的规律,是万物存在与发展的最根本规律。自然、朴素的美,必然是建立在这个规律上的。

4.声部协调顺畅的美

好的旋律声部或重唱、合唱声部,其本身就是非常协调顺畅的,尤其是用复调音乐写作手法创作的作品,更是此起彼伏,行云流水。随着作品内容的展开和和声的有效连接,使作品如潺潺的小溪或滚滚的江河之水,酣畅淋漓,一泻千里。在声乐艺术实践中,每个声部都须以饱满的情绪和娴熟技法,使作品的整体效果达到最佳,从而最大限度地感染听众和歌唱者本人。要做到声部协调顺畅,就必然牵扯到人的和谐。声乐艺术的展现,不是一个人所能完成的,所以团队中的每个人必须以谦和、协作的态度,以整体、他人为重,才能较好实现声乐艺术整体的协调顺畅美。

5.声场共振的美

世间任何一种能量的运动,都会伴声场的效应,在声乐艺术的实施中也不例外。在自然界,任何一个声音,都会以这个声音为中心,向上或向下产生一系列的泛音,并以此为中心向 360 度的方向产生共振或共鸣。上下产生的泛音,有些是人类耳朵可以听到的,有些虽然听不到,但可以感受到。以你为中心向 360 度的方向,与众多的人声和乐器所演奏的声部的共振或共鸣,以及它们之间纵向产生的数量巨大的泛音,相互影响构成众多的谐波音而形成庞大的声场。它们又在精心设计、施工形成的声音反射和混响较佳的音乐厅或剧场内,造成令人震撼的艺术效果。一般情况下,人的耳朵只能听到频率在 20 赫兹到 20000 赫兹之间的声音, 高于这个范围的叫超声频(亦称超短波),低于这个范围的叫作次声频(亦称超长波)。实际演出中,这些超声频和次声频都会对人产生影响。尤其是超声频,人耳虽然听不到,但它刺激人皮肤的表层神经,使人产生强烈的臣服感。这些物理反应产生的场效应,形成了我们所能感受到的阳性或显性的场。

既然有显性的场,肯定也存在隐性的场。几乎所有的音乐活动,绝大多数是由多人协作完成的,就是一人的清唱,它也是由歌唱者本人与若干观众组成而完成艺术再现的。由于作品的思想内容及其作品属性的支配,和经过多次演练或长时间共同合作以及意识上对作品认知的沉淀,使参与者对于作品的理解、处理趋于技术和感知上的一致性,从而使听众产生心灵上的共振,形成音乐作品隐性的场。隐性场在显性场的带领下,又与现场的观众产生巨大的物理共鸣与情感共鸣,从而实现音乐作品无可比拟的艺术效果。显性场与隐性场(阳性场与阴性场)的协调、统一,和现场形成让听众震撼的强烈艺术效果,深深涤荡着听众的灵魂,使听众长久停留或不断回味在这种情景中,真是美不胜收。

6.艺术表演的视觉展现美

人类捕捉信息的手段主要有三种:一是靠视觉,就是眼观;二是靠听觉,就是耳听;三是靠触觉,就是摸、碰等。其中靠视觉实现的要占80%以上,可见视觉展现对于实现声乐艺术美的重要性。

声乐展现中如何实现视觉美呢? 一是要根据实际情况组织恰当的队伍。比如对演员身材、相貌的选择。二是对表演者要有准确和较好的包装。根据演员身材和作品思想内容的需要选择妥帖的服装和配饰,较好的化妆可以遮盖某些缺陷,适当的鞋子可以掩盖身高的不足,邀请专业的导演根据作品内容进行队列或场面的排练。三是要注意场面背景、灯光音响、道具等的合理调配。四是再现作品时要有较好的精神面貌和较为充沛的情感投入。

四、如何实现声乐艺术的美

1.声乐演唱需具备的基本条件

一个较好的演唱者,首先身体状况良好,天生对音乐敏感,先天声带状况良好。

音乐艺术活动,是个比较特殊的行当,是要有些天赋的,不是所有的人都能从事的。比如发音准确、感觉敏锐,以及相互配合协作的能力等。另外还要有对音乐以及声乐演唱的强烈喜好。只有自己喜欢的事,才有兴趣去探索、学习、实践和坚持。若声带先天生长状况不好,两片声带生长不均匀,长有小结或闭合不好,也是无法从事演唱的。所以在具备较好的先天素质下,首先要进行科学、正规的声带检查,根据声带的具体状况,如长短、厚薄,来确定选择高音、中音或低音的发展方向。

2.声乐演唱的基本技术要过关

一是要掌握比较科学、正规的发声方法。人类的声乐演唱,经过数千年的探索、归纳、研究、总结及传承,各个国家、民族和地区都根据自己的语言、习俗和审美情趣而形成了带有特色的发音、演唱的理论与方法,这是全人类优秀的文化遗产。音乐是诸种艺术形态中最抽象的一种形态,很多关键的技术、方法,是要跟随师傅学习、传承的。只有在相当稳定的一段时间内,在文字理论的引导下,仔细观察、模仿、揣摩和实践师傅的言行、举止、感觉和窍门,经过各方面不断地纠偏,才能在发音上较为准确。另外,要想推陈出新,超越前人,必须博采众长,广泛吸收各个国家、各个民族和各种流派的先进方法、技术、思维方式,来推出自己成体系的、经过理论和实践而形成的新的流派。

二是要熟练掌握较为全面的音乐理论。音乐理论,是指导一切音乐活动的基础,是国内外音乐大师们数百年以来,长期学习,努力传承,潜心观察,认真总结自然规律和人们的艺术实践经验而创立的。在不同地区、国家、民族又形成诸多流派,后在流传、推广的过程中,不断去粗取精、去伪存真、推陈出新而形成现今的各种成体系的音乐理论。没有一系列音乐理论的指导,我们不可能全面、深刻地实现声乐艺术的实践。通过对这些音乐理论的学习和掌握,清晰、理智地理解音乐的实际意义和深刻内涵。这些理论包括:基本乐理、视唱练耳、传统和声、中国调式和声以及现代和声、曲式与作品分析、民族与西洋乐器及配器法、歌曲作法、复调赋格、律学、合唱指挥、中外音乐史、民歌与民间音乐的形成与发展等。

三是要建立较为全面的声乐作品库。要通过各种手段与方法,全面收集世界上各个民族、国家和地区的经典声乐作品。主要是民歌,创作歌曲,歌剧、音乐剧重要唱段,戏曲重要唱段,电影、电视、话剧的优秀插曲及各种宗教音乐的典型唱段等,并了解以上作品的思想内容、创作背景、民族风格、表现手法等。

在建立物质上的声乐作品库的同时,更重要的是建立非物质上的声乐作品库。就是通过背歌词、学旋律、掌握特色和唱法,精确再现各国、各民族经典作品的艺术内涵及演唱效果。要充分注意发音的准确,其中包括汉语、各少数民族语言文字、外国语言文字等。通过学习、领会和演出实践,掌握较大数量、不同风格的经典声乐作品,为自己的艺术表演建立较为深厚的基础。

　　四是注意其他基本素质的建立和培养。要想比较完美,或更高层次地再现声乐艺术作品,还需要演唱者具备比较全面的个人素质。一是文学知识,包括文学写作的基本手法、诗歌创作的一般规律、语句结构的基本方式、对世界及中国历史名著的基本了解等。通过这些,加强对歌词、剧本内容的了解、掌握。二是哲学知识,包括政治经济学、逻辑学等,以及对人类有史以来形成体系的经典哲学理论的学习。通过这些,了解自然界和人类社会产生、发展的基本规律,以便对该作品的社会背景、历史地位和作品内在思想内容有更深刻的了解和把握。三是数学、物理、化学知识:现代社会是一个较为理性的社会,从事任何工作,都需有精确的数据基础。因此,理科文化知识是非常重要的,它使你逻辑思维清晰,工作内容量化准确,从而形成较为优异的艺术成果。四是历史知识,"以铜为镜,可以正衣冠;以史为镜,可以知兴替;以人为镜,可以明得失。"学好历史知识,对于把握声乐作品的历史背景,准确再现作品的历史意义以及与今天社会相关的现实意义,都有着极其重要的作用。五是要熟悉与声乐艺术展示有关的艺术行当,比如服装、化妆、音响效果、灯光、道具、舞台美术等。

五、声乐艺术实践还需要注意的几个问题

　　一要精准定位服务对象。我们不否认声乐艺术的自我娱乐作用,但为大众服务也是较重要的方面。要注意多观察、多体验生活,了解各行各业的人们都是如何处理学习技艺、从事职业和家庭生活等各方面的关系的。艺术实践活动只有和最广大的人民群众发生直接的、强烈的共鸣与共振,才具有较为深刻、准确和全面的艺术意义。

　　二是要注意突出民族风格。我们不排斥世界各个国家、民族优秀声乐作品,但要实现中华民族的伟大复兴,建设中国特色社会主义现代化国家,必须有强大的文化自信作为后盾。这就需要不断推出中华各民族优秀传统声乐作品和以这些为基础创作改编的新作品。新中国成立70多年以来,我们在推出中国特色声乐作品上虽然也做了大量的工作,但对中华各民族优

秀传统作品的挖掘和推新还远远不够,在东西方艺术领域中真正站得住脚的作品还是不多。在演唱中国风格的声乐作品时,还要注意汉语的"依字行腔"。各地戏曲和民歌的曲调,是和方言紧密相连的,要充分注意歌曲旋律与语言声调的一致性,这是汉语语言声乐作品与其他语言声乐作品最显著的区别之处。

三是要多实践,此处主要是指现场演出经验的积累。有许多演员,平时排练还不错,可一上台表演就错误连篇。要想在舞台上精准把握作品的思想内容和艺术风格,全面再现作品的艺术水平,除平时多听、多练、多揣摩外,还要多演出、多实践。要想在舞台上表演自如,只有不断积累舞台经验才能实现。熟能生巧,要知道,一定的质量总是代表着一定的数量的。

四是要强调全身心投入。能否高质量地做好一件事,关键看演员能否全身心投入。只要全神贯注,做好每一个细节,艺术实践肯定就会有好的效果。

声乐艺术的美及其展现与传播,是每一个从事声乐艺术工作者需要毕生思考和解决的问题。只有孜孜不倦地长期探索、研究与实践,才有可能使我们的声乐艺术进入文化艺术的辉煌王国,从而推动声乐艺术更高的发展。一切艺术活动所形成的美,就像一张张透明的过滤网,把人世间一切邪恶、丑陋、焦躁不安等涤除得干干净净。数千年以来,人们孜孜不倦地在追求着真、善、美。让我们在先辈不断向往美、追求美的精神的鼓舞下,不断努力去发现美、挖掘美、推介美、展现美,从而使我们的生活永远沉浸在美的海洋里。

马成翔,新疆艺术剧院艺术创作研究部一级作曲家,新疆文艺评论家协会会员。

袁凤梅,中国文艺评论家协会理事,新疆文艺评论家协会秘书长。

问渠那得清如许　为有源头活水来

——浅谈秦腔艺术的创新和发展

◎邹慧萍

　　"问渠那得清如许? 为有源头活水来。"毋庸置疑,一切艺术的生命力都来源于和"僵死"相对的"鲜活"。唯有注入鲜活的汁液,生命力才能旺盛,才能保持源远流长。

　　秦腔作为独具特点的艺术形式,存在于我国广袤的土地上有比较久的历史了。它可以说是中国汉族最古老的戏剧之一。据考察,秦腔之名来源于秦国、秦地,核心地区是陕西省宝鸡市的岐山(西岐)与凤翔(雍城),后广泛盛行于三秦大地和甘肃、宁夏等地。秦腔成形后,迅速发展,形成了整套成熟、完整的表演体系,并以独具特色的高亢嘹亮的唱腔流传于全国各地,对各地的剧种产生了不同程度的影响,因此将秦腔戏曲艺术称为"百戏之源"是不为过的。作为有鲜明地域性特点的戏曲艺术,秦腔在从古至今的发展中逐渐形成了鲜明的艺术特色:十三门二十八类角色各具特点;曲目繁杂,题材十分广泛,各类型地方剧目数以万计;具有自身独特的脸谱体系,与川剧脸谱、京剧脸谱并称为我国三大脸谱体系。因此,秦腔戏曲艺术具有自身完整的独具特色的表演体系,因表演技艺朴实、粗犷、豪放、富有夸张性,生活气息浓厚,脸谱风格较为独特,受到了广大人民群众的喜爱。

　　然而,我们也清楚地看到,秦腔的源远流长、鲜明的地域性特点和独具的艺术性特点,给秦腔的发展带来了比较大的局限。

一是经典性强而现代性不足。由于秦腔艺术历史悠久,具有独具特色的艺术特征,流传下来许多让人们喜闻乐见的优秀剧目,堪称经典。比如《铡美案》《白蛇传》《金沙滩》《辕门斩子》《下河东》《三滴血》《打金枝》《清风亭》《五典坡》《火焰驹》《闯宫抱斗》《狸猫换太子》《白玉楼》《窦娥冤》《三娘教子》《斩秦英》《周仁回府》《法门寺》《大登殿》《慈母泪》等全本戏和《打镇台》《走雪》《河湾洗衣》《打神告庙》《二堂舍子》《斩单童》《拾黄金》《华亭相会》等折子戏。而且,每一本戏都会有表现突出的艺术家作为"角儿"同时出现在人们的脑海里,使人们形成了固有的特色和先入为主的欣赏心理,越是经典就越难以逾越。因此,秦腔艺术和活色生香的现代生活、瞬息万变的现代艺术、高科技时代的欣赏观念等渐行渐远。

难以创新的原因有二:一是慑于传统,二是惑于传统。慑于传统就是怕违背了传统的经典的艺术表达形式,破坏了这种古老艺术的审美特性,从而失去了那些一直以来追捧的忠实观众。常言说:"外行看热闹,内行看门道。"演员的一举一动,一板一眼,一腔一调,总之唱念做打都要符合观众固有的欣赏心理。比如《祝福》大家就要听任哲忠的唱段,《窦娥冤》就要听马友仙唱,《金沙滩》和《辕门斩子》就得找刘随社。任何细微的改动都逃不过善于看门道、听门道的观众的眼睛和耳朵。惑于传统是还没有找到突破传统的途径。改要改得好,改得妙,改得让观众接受、认可,要能突破传统且优于传统,这是广大秦腔艺术家们奋斗的目标,也是不断探索的新课题。

传承经典要与弘扬时代精神结合起来,用大众喜闻乐见的形式传播出去。继承经典就必须与时俱进,让经典艺术融入现代生活,和人民大众在一起。这样才能起到铸造灵魂,承担以文化人、以文育人的职责。

然而,秦腔艺术的现实是传统经典剧目距离现实生活越来越远,新的经典剧目还没有成熟,也没有被观众认可。随着老一代艺术家相继离世,老一代粉丝渐行渐远,经典的艺术就越来越成为被保护的对象,不再是广大民众所喜闻乐见的文化娱乐活动,秦腔艺术也就只剩下"非物质文化遗产"的经典保护价值,失去了更多地为人民大众服务的功能及育人、化人的功能。因此,秦腔艺术的现代化势在必行,现代化进程亟待加快。

二是地域性太强而广泛认同性不足。秦腔源于秦地,因此秦腔广泛流传于陕甘宁一带,备受陕甘宁及青海等西北人民群众喜爱。"八百里秦川尘土飞扬,三千万老陕齐吼秦腔",就是秦腔艺术在秦地生存的真实写照。这种明显的地域性、地方性特点使秦腔艺术的受众具有很大的局限性。受众的局限性又在很大程度上影响了秦腔艺术的发展和丰富,影响了秦腔走出西北、走出国门的脚步。

三是受众面太窄而普及性不够。秦腔作为地方性戏曲,发源于民间的特点决定了它的受众大多是民间的老百姓。它又极具地方性特点,从唱腔到演绎的内容,从演员到表达手法,再到表现人物性格、情感态度的方式都与陕甘宁这块厚土上的民风民俗紧密相连。换言之,秦腔是三秦大地上老百姓喜闻乐见的艺术形式,而没有像京剧那样走向全国,甚至走向全世界。因此,秦腔的受众一是有鲜明的地域性特点(西北),二是具有鲜明的民间性(老百姓),三是具有显著的年龄特点(老年人)。如今,秦腔的受众面没有变化,而大众生活却发生了翻天覆地的变化。第一个变化就是随着城市化进程的加快,农村人口减少,原来相对宽广、相对集中的自然村镇少了,人们都住进了相对集中的楼房里,原来那种"漫步三秦,到处流曳着秦腔的旋律。相去二三里,村村高音喇叭播放的是秦腔;地畔路旁,秦人酣畅淋漓吼的是秦腔;夜幕四合,'自乐班'闹的是秦腔;城镇剧院,高台演出的是秦腔"的情景少见了。

随着流动人口的增多,家庭人员构成的复杂化(天南地北的融合),作为地方戏的秦腔就鲜有用武之地。原来那种"生子呱呱坠地,满月时以秦腔迎接;成人过寿,都要请'自乐班'助兴;老者去世,更要唱大戏热热闹闹送行。乔迁新居,子女升学,也要唱折子祝贺"的风俗也日渐衰微。

四是秦腔演员收益太低，培养不足。随着市场经济的发展，秦腔艺术作为古老的艺术门类，已经越来越多地失去了走街串巷、搭台唱戏的商业功能，而更多地以国家非物质文化遗产的形式存在。因此，靠演戏养活自己、靠演戏谋生已经越来越成为一种不可能。菲薄的收入和越来越少的受众让秦腔艺术从谋生的手段转向了艺术研究和非遗保护的对象。越来越多的演员转行，放弃了这门艺术。面对秦腔戏曲的现状，许多以培养秦腔演员为主业的学校纷纷改行转业。因此，秦腔演员后继乏人也是阻碍秦腔发展壮大的一个主要因素。

以上是秦腔艺术发展的局限性。和任何艺术一样，经久不衰的原因不是守旧而是创新，只有创新才能给秦腔艺术注入鲜活的生命力。这是不言而喻的。

如何创新？从哪些方面创新？宁夏秦腔艺术剧院走出了比较切实可行的路子，实践证明，也是正确的路子。

一是内容的创新。突破传统秦腔才子佳人、宫廷争斗等内容上的程式化和腐朽落后框框的掣肘，创编上演了一批反映现实生活，紧扣现代人心态的现代秦腔剧。比如《狗儿爷涅槃》（土改的故事）、《花儿声声》（移民搬迁的故事）、《王贵与李香香》（一对农村青年冲破压迫追求爱情自由的故事），虽然年代不同，但它们有一个共同的特点，就是反映了现当代人的生活，以现当代最为主流的重大题材为内容。这种内容上的创新值得秦腔艺术家们学习和借鉴。

二是形式的创新。形式的创新可能是最容易的，也是最难的。《王贵与李香香》的创新是大胆的，也是跨越式的。直接引进西洋乐器，以唱诗班的形式贯穿叙事、旁白，在舞台的布局和空间的利用上也有不俗的表现，且不说这些创新有没有被观众认同，也不说合不合理，就创新本身而言是值得肯定的。

陕西师范大学新闻与传播学院穆海亮教授在《〈王贵与李香香〉：当秦腔

遇到唱诗班》(《中国戏剧》2019 年第 3 期)一文中分析了唱诗班在秦腔戏曲中的良好表现。他说:"西式唱诗班的出现,使秦腔《王贵与李香香》在多个维度呈现出参差对照的美学风貌。整体来看,唱诗班的圣洁与秦腔的粗粝,构成全局性的审美对峙;而在唱诗班自身,以庄严的仪态参与游戏化的表演,以轻灵的美声音色演唱节奏感十足的秦腔快板,又构成自我风格的反差;以充满游戏感和自我反差的风格去传达严肃厚重的革命主题,又在形式与内容之间形成落差。在革命年代,虽然诗人李季自觉地以革命唱诗班自居,但他恐怕不会想到,当《王贵与李香香》被搬上新世纪的秦腔舞台时,居然真的以唱诗班来叙述诗中的故事。然而,这一石破天惊的创意,大概并不是突发奇想。它的诞生与实施,既跟李季原作的特点及中国戏曲的固有传统息息相关,更源于张曼君导演独特的戏曲美学观念的支撑。李季这首长诗,人物鲜活,故事曲折,冲突剧烈,又通过大段的人物对白营造出颇具张力的戏剧化场景,因而天然地适合搬上戏曲舞台。""唱诗班的意义主要并不在于一招一式的技法的探索,更重要的是,它为特定题材和主旨找到了一个有意味的形式,也为张扬原作风格找到了一条合乎戏曲规律的路径。"

江苏省文化厅汪人元先生在《胆略和智慧——秦腔〈王贵与李香香〉观摩随感》(《中国文化报》2019-01-14)一文中,也热情洋溢地肯定了该剧的创新之处和创新的妙处:"该剧的音乐是有很独特的追求和很突出的贡献的。""首先是强化了音乐功能在全剧演出中的充分发挥。它不仅创作了很好的角色唱腔,同时也配合舞台表演设计了各种场景音乐的器乐演奏,比如第三场《挖苦菜》的锣鼓设计就相当出色。而《算盘舞》的打击乐演奏也非常醒目得体,远比用效果音响更富有音乐性。逼婚时的唢呐独奏,特意让演奏员走到台前,吹奏了一曲悲歌,颇有表现力。该剧由叙事诗改编而来,合唱音乐的创作与表演都发挥了相当大的作用:既渲染戏剧气氛,又代言剧中人物心理,时而作为第三者评点,时而叙述着情节,甚至还造成场景转换的一种艺术过渡等,几乎成了戏曲中被特别放大了的'帮腔'。我们看到,许多唱词(甚至是角色的唱词)本身就是叙事体的,而非通常戏曲中的代言体,这样一种独特的叙述方式贯穿在了全剧的编、导、演的艺术构思,当然也包括音乐设计之中,已成一体,这就赋予了合唱以重大的功能与施展空间。"

秦腔《王贵与李香香》在业界可谓是好评如潮,这里不用赘述。我想表达的是创新是注入秦腔艺术的源头活水。只有创新才能让秦腔这门古老的艺术焕发出新的活力。

邹慧萍,宁夏幼儿师范高等学校教授,宁夏文艺评论家协会会员,宁夏作家协会会员,宁夏诗词学会理事。

黄庭坚书法研究综述

◎杨开飞

◎常　乐

自20世纪80年代开始,学界对黄庭坚书法的研究逐渐兴起,产生了一系列具有代表性的成果, 极大地丰富了现代书法研究的对象及内容,扩展了宋代书法的研究空间。这些研究无论是对推进黄庭坚个人的研究还是推动对书法艺术的认识都有着极其重要的借鉴意义。遂笔者于前人基础之上, 对20世纪以来关于黄庭坚书法的研究分为20世纪最后的二十年、21世纪第一个十年、21世纪第二个十年三个时期进行整理总结。

本文所讲的书法研究,不单单指对黄庭坚的书艺的研究,还包含对其书论及书学思想的研究。自宋开始,元、明、清直至民国时期,这些阶段对黄庭坚的研究可以说一直存在,但是这些研究仅仅停留于对黄庭坚的书法创作背景、书法作品、书论内容、章法款识、师承源流等经验性的记录之上,虽有重要的意义,但记载杂乱,多为只言片语,缺乏逻辑性与完整性,严格意义上来讲不能算得上是学术研究。改革开放之后,书法艺术日益受到重视,对于黄庭坚书法的研究也随之兴起。

一、20世纪最后的二十年

这一时期关于黄庭坚的书法研究主要集中于其书法作品的介绍与赏

析之上。如刘诗《黄庭坚在四川创作的三件书法作品简析》,对黄庭坚在四川六年间的《书刘禹锡〈竹枝词〉九首》《琴师元公〈此君轩〉诗》与《黄州寒食卷跋》三件书法作品从书写内容的文学性、书法风格的艺术性等方面进行赏析,为这一时期对黄庭坚书法作品介绍的优秀之作。

此外,黄庭坚传世作品,主要有刻帖和墨迹两大类,作品虽多,但这些传世作品往往是真假掺杂,瑕瑜难辨,因而至今未有对其作品数量的具体统计。随着对黄庭坚书法研究的不断深入,对黄庭坚书法作品的考证逐渐开始了。徐邦达《古书画过眼要录》可谓开黄庭坚书法考证之先河,傅申《海外书迹研究》、陈乔《黄庭坚书〈明瓒诗后题卷〉》、韩国金炳基《黄山谷书〈幽兰赋〉真伪考》都对黄庭坚传世书法作品进行了真伪考证。

20世纪80年代初,崔尔平便开始对历代各类书论进行点校评注,其中便包含一部分对黄庭坚书法的点评,可以将此看作对黄庭坚书论研究的开始。关于黄庭坚的书学观点主要散见于各类题跋当中,因而学者多以“山谷题跋”作为其书论的研究重点。凌左义《山谷“韵胜”刍论》《黄庭坚“韵”说初探》、沈炜元《黄山谷行书之“韵”》、孙学堂《绝俗尚韵 瘦硬通神——黄庭坚的书学思想与书法艺术》、陈爱民《黄庭坚书法美学思想的核心:“韵胜”说》都围绕黄庭坚书论最核心的内容——“韵”进行阐释。此外,欧阳忠伟《苏黄书法理论漫谈》、金炳基《黄山谷书论研究》、尹旭《黄庭坚书法美学思想述要》、梁德淳《黄庭坚书法美学思想阐释》对黄庭坚书论各方面进行了较为完整的阐释。水赉佑《黄庭坚书法史料集》更是最大限度地为研究黄庭坚书法提供了便利。

伴随着黄庭坚书论研究的兴起,其生平事迹的研究也引起学界重视。刘雨《黄庭坚》、郑永晓《黄庭坚年谱新编》、曹宝麟《米芾与苏黄蔡三家交游考略》,这些研究无疑在一定程度上拓宽了黄庭坚书法研究的视野。

这一时期关于黄庭坚书法的研究取得了十分重要的成果,为后期学者们的研究开辟了道路,囿于时代的局限以及各方面材料的缺失等客观因素,这一时期的研究还存在着诸多的不足,无论是从深度上还是广度上都有待进一步研究。

二、21 世纪第一个十年

进入 21 世纪,刘正成、水赉佑《中国书法全集:黄庭坚卷》成为世纪初最重要的研究成果,也为之后的研究提供了最为便利的参考材料。

这一时期学者们很少再去对黄庭坚的书法作品进行介绍与赏析,而对其书法作品的考证却仍在进行。黄君《黄庭坚〈此君轩诗〉及其书作考——从二玄社〈黄庭坚〉所载赝品说起》、水赉佑《黄庭坚伪迹考叙》、陈志平《黄庭坚二帖考》《黄庭坚寄岳云帖考辨》分别对黄庭坚的部分作品进行了编年及真伪的考辨。

"韵"作为黄庭坚书论的核心,这一时期对其进行的研究仍在不断深入。张传旭《黄庭坚论"韵"》、邹建利《韵——黄庭坚书论的核心思想》为这一时期的优秀之作。此时更多的学者不再只满足于"韵"的研究,而是将视野扩大,逐步转移至对黄庭坚整体书学审美观念的研究之上。张炬《黄庭坚书学批评研究》、高福东《黄庭坚书学思想研究》通过分析黄庭坚书论,深刻剖析了其审美理想。

这一时期学者们开始有意识为黄庭坚的书法溯源。张传旭《黄庭坚书风的嬗变与周越之关系》以对"抖擞"的误读为切口,阐释了"黄庭坚学周越所染上的'抖擞'毛病并非笔法的战掣与颤抖,而是一种俗气"。王中焰《"山谷笔法"研究》则另辟蹊径,从笔法谈起,认为"山谷笔法"的形成有三大渊源:"于周越师承'得形';于颜鲁公取法'得气';于柳公权和《瘗鹤铭》处取法得'势'。"陈志平《黄庭坚书风的形成与演变》则整体上将黄庭坚书风形成分为"少年—元祐末""元祐末—元符二年""元符末—去世"三个大的阶段来进行分析。

最值得注意的是,这一时期随着国家教育事业的不断发展,全国部分高校陆续开始创办书法专业,招收专业书法硕士、博士研究生,客观上极大地促进了对黄庭坚书法的研究,特别是陈志平先生的《黄庭坚书学研究》,既是第一篇有关黄庭坚书法研究的专业博士论文,更可认定为黄庭坚书法研究的集大成之作。陈志平先生关于黄庭坚书论研究的重点是梳理黄庭坚与"文字禅"的关系,同时详细论述了黄庭坚书论中"韵""俗""意"三个概念的禅学意蕴和文化内涵。关于书法创作的研究是对"黄庭坚把握笔墨的特殊方式及其书风的形成与演变展开论述,同时对黄庭坚'字中有笔'的创作方式和他的诗、书一体问题进行了专题研讨"。关于书事和作品考证的研究是"与前面两部分相关的一些问题作些交代和补充,提供一些背景材料,并就一些具体问题作详考细绎。"这三部分对黄庭坚的书法进行系统而完整的论述,不仅是对之前研究的归纳总结,更是对黄庭坚书法作出了宽度和深度上的补充,为之后有关黄庭坚的书法研究提供了良好的范本。

这一时期,学者们的研究视野逐渐开阔起来,对黄庭坚书法的研究开始从多个层面进行,扩展了黄庭坚书法研究的方法。如由兴波《诗法与书法——宋代"书法四大家"诗学思想与书法理论比较研究》、张毅《苏、黄的书法与诗法》将黄庭坚诗法"夺胎换骨""无一字无来处""点铁成金"与黄庭坚书法创作观念进行对比分析。而盛杰《尚意思潮下黄庭坚、米芾书学观念之比较》、张学鹏《苏轼黄庭坚书学思想比较研究》则是将黄庭坚书学思想与同时期的著名书家进行比较研究,对黄庭坚书学思想的独特性研究有重大启示意义。同时诸多专业硕博研究生文章的出现为黄庭坚书法研究增辉添彩,黄庭坚书法研究逐步兴盛起来。

三、21 世纪第二个十年

经历了上一时期的繁荣发展,黄庭坚书法研究已经取得了史无前例的成果,这一时期学者们基本沿着上阶段的研究路线继续对黄庭坚的书法进行更加细致的探究。例如:中田勇次郎、梁少膺《黄庭坚的书法与书论》、王慧珺

《从〈山谷题跋〉看黄庭坚书论中的"韵"》，依旧延续着对黄庭坚书论及"韵"的研究；甘中流《略论王羲之之于黄庭坚书法》继续为黄庭坚书法溯源。

对黄庭坚书法作品研究考证的发展依旧欣欣向荣。赖起凤《江西泰和快阁黄庭坚书法刻石考》将目光转向了对黄庭坚书法刻石的考证上。更加值得注意的是这一时期学者们对于某一作品会根据自身所掌握的材料进行理性分析判断，相互商榷，而非只听信于一家之言。宋廷位《〈砥柱铭〉用字规范研究》从《砥柱铭》内容本身，"宋四家"用字情况，北宋政治及文化背景，文化史角度，黄庭坚的书论、诗论，异体字、俗体字角度六个方面表明《砥柱铭》当为域外汉学家或者书法高手临摹。而傅申《黄庭坚〈砥柱铭〉墨迹卷的确认——附论书法鉴定问题》则与《〈砥柱铭〉用字规范研究》持完全相反之观点，认为《砥柱铭》当为真迹，对作品存疑部分提出自我独到的见解："因为每个人都要经过不同阶段，书法也是一样，从青年到壮年，再到老年都有不同，这是很自然的。"

更为重要的是这一时期出现了一批以书学为契机去探寻黄庭坚美学思想内核的优秀文章。吕金光、于洁《论黄庭坚禅宗心性论及其书学思想》、孟宪伟《禅宗与黄庭坚的书法美学思想》、魏倩《佛禅思想与书家心性》、杨光《字中有"意"、胸中有"禅"》都传达了禅宗美学思想对黄庭坚艺术的影响。郝永飞《黄庭坚书学中的崇古思想研究》则对黄庭坚的"崇古思想"进行剖析，分述"崇古思想"在黄庭坚诗论及画论中的呈现。

较上一时期最大之不同，便是随着学界对黄庭坚书法研究的深入，很多人开始了对黄庭坚书法的学习，衍生出了一部分对黄庭坚书法作品技法解析的文章：郝惠谋《黄庭坚草书"起倒"笔法探析》、赵国柱《黄庭坚〈李白忆旧游诗〉技法解析》、于海波《黄庭坚草书研究——浅谈〈诸上座帖〉的特点及笔法》，以此来帮助学习者更好地去理解黄庭坚书法技法，提升自身书写能力。

黄庭坚书法研究自 20 世纪 80 年代兴起，至今成果可谓硕果累累。相信伴随着研究材料不断丰富、新研究视角和新理论的出现,黄庭坚书法研究未来可期。

杨开飞,宁夏大学美术学院教授,宁夏文艺评论家协会副主席。

常乐,宁夏大学 2020 级中国少数民族艺术书法方向研究生。

综合材料绘画的艺术表现力

◎ 孟洁洁

综合材料绘画是一种极富创新性的绘画创作方式，在绘画创作的过程中融入各种材料媒介，进而赋予绘画更加丰富的视觉语言和更加蓬勃的生命活力。综合材料既包括传统认知中的水油类颜料，也包括自然界中存在的沙泥、矿物色、废弃物以及各类人造材料等，随着时代的发展和绘画艺术的不断进步，综合材料已不再局限于物质层面，逐渐延伸至精神、人文、情感层面，扩充了新时代绘画作品的艺术外延，打造了具有多重审美属性、精神属性的当代绘画语境。

一、博弈与接受

谈论新时期综合材料绘画的艺术表现力，就必须了解综合材料绘画自21 世纪以来螺旋式的发展过程，以及综合绘画在中西方的成长境遇。众所周知，新事物的产生往往带有一定的革命属性，综合绘画也不例外，这一全新的绘画形式打破了传统绘画的艺术思维、改变了视觉艺术语言、创新了内在逻辑情感，因此在绘画艺术领域曾一度引发广泛的争论。但幸运的是，20 世纪世界艺术发展已经达到了一个相对开明且包容度极高的时代，虽然博弈之声依旧，但综合材料绘画仍以独特的艺术表现力席卷全球。

（一）西方：科技与艺术的共振

20世纪，欧洲处于文艺复兴之后又一文化发展极度繁盛的时期，二次工业革命席卷欧洲，成了培植各类新型材料的沃土，为综合绘画的发展奠定了良好的物质条件。与此同时，西方哲学、科学、美学进入历史上一个高峰期，以新材料为基础的综合绘画受到了艺术家们的广泛关注，并且一经问世广大民众就为其独特的材料语言和新颖的作画技巧所折服，为西方绘画开启了一个全新纪元，也成为西方工业文明在艺术领域的影射。当然，此时西方处于综合绘画的探索时期，大多数美术艺术家依然没有摆脱古典绘画的艺术框架，主要表现为在继承与发展古典绘画的过程中融入新材料，形成独特的绘画形象，在此过程中开创五大绘画流派，分别是立体主义、达达主义、超现实主义、抽象主义、波普艺术，体现了新艺术博弈与证明的过程。毕加索立体主义、杜尚达达主义、波普艺术这三大流派对西方综合绘画的发展有着里程碑式的意义，这是本文所要谈论的重点。

毕加索和他所开创的立体主义，往往被视作综合绘画的启蒙鼻祖。立体主义是一种完全区别于传统绘画观察模式的绘画视角，是一种建立在空间几何形态上的观察方法，毕加索等一批画家将其改造成为具有空间造型渲染特色的美术形象，大大丰富了美术的创作方法和艺术表达内涵。如毕加索的著名作品《格尔尼卡》，采用几何图形完成了主体形象的构建，如象征着法西斯的暴怒的公牛、号啕大哭的妇人、受伤的士兵，画面整体营造出纸片剪贴拼接的视觉感受，构成了综合材料绘画的雏形，但是从本质上来说，《格尔尼卡》仅仅从形态上拥有了综合材料绘画的特点，其纸片拼接的视觉感受实际上是由传统画法营造的。

毕加索的立体主义从情感上赋予了绘画综合材料绘画的特点，而杜尚的达达主义则真正从物质和观念上实现了绘画艺术的变革。杜尚曾经将男性小便池命名为"泉"。在他的艺术观念中，绘画的价值并不在于人，也不在于创作的过程，而在于其内涵与思想，即从日常用品中剥离出部分功能进行组合,使其构成一个全新的作品,并赋予其内在的观念和灵魂,最终创作出能够登上大雅之堂的作品。换言之,一件平凡物品能够凭借艺术家为其注入的精神和观念,在不改变形态的情况下成为艺术品,如小便池在厕所中是常见物,在艺术馆的陈列栏中则是高雅品。

波普艺术是目前西方仍然崇尚的一种综合材料绘画理念,是一种能够被社会大众普遍接受的艺术模式,同时也是商业社会和物质社会的衍生物。波普艺术本着"一切皆为艺术"的创作原则,以日常生活为艺术土壤,通过多元化材料的融合运用与逻辑搭配,形成独特的美术视觉表达。德国画家安迪·沃霍尔擅长通过丝网印刷打印出当红政治家、明星的头像,并将其进行拼接和制版,最终形成一部完整画作,如安迪·沃霍尔创作的《玛丽莲·梦露》丝网彩印,这一创作方法看似简单,但是在通信和媒介技术并不发达的当时,拉近了普通群众与明星的距离,形成了良好的社会反响。

(二)中国:传统与潮流的结合

中国综合材料绘画孕育时间较晚,受西方波普艺术的影响,中国于 20世纪 80 年代左右开始了综合材料绘画的尝试,由于当时民间许多绘画爱好者没有财力购买价格高昂的进口颜料,因此选择将身边的旧书籍、织物、木板等材料裁剪切割后进行拼接创作,这也是特殊时期中国"伤痕美术"的艺术由来。到了 20 世纪 80 年代中期,综合材料绘画逐渐演变成为一种新潮、前卫的绘画模式,但是彼时这一绘画模式由于一味模仿西方的波普艺术,所以难以为主流文化所接受,甚至被主流文化批评为"艳俗"文化而备受打压。直到 20 世纪 90 年代,随着科学技术发展和改革开放不断走向深入,中国艺术领域对综合材料绘画的包容性越来越强,使一批主流画家开始主动探寻综合材料绘画的发展道路,不断拓展民族化、本土化的艺术创作路径,形成具有中国特色的综合材料绘画艺术体系。其中,活跃在 20 世纪 90 年代的画家蔡广斌就为中国综合材料绘画的发展做出了积极贡献。他立足综合材料绘画中多元化表达风格和实验性原理,基于中国传统水墨风格,充分运用画布、丙烯、木材、鬃毛等材料,进行水墨画主题的综合材料创作。比如作品《窗》将四幅图进行拼接,运用墨水、丙烯等材料,最终形成一幅四宫格形态的完整作品,在充分展现了"窗"的形态特征的同时,通过单独成画的小格透视着屋内人的迷茫与空虚,展现了现代城市人内心的孤寂。

以蔡广斌为代表的中国画家擅长通过综合材料绘画反映改革开放中现代人的心理变化和人本艺术,通过绘画完成对某一群体私密性精神的构建与思考,即迷茫、彷徨、无助等情绪,并完成情感的宣泄,由自身的"真情实感"来影射外界现实环境,并且利用笔与墨将这深层的观念与当下的社会现实相融合,这也体现了中国艺术家们独特的人文情怀。蔡广斌的综合绘画已经逐渐将西方综合材料绘画与中国本土水墨绘画、人类精神世界相结合,比如《窗》展现的是城市化发展中人类孤独的心境,《手指》将泡沫纸板作为材料,将各种手势绘制其上,用手势反映现代人开心、愉悦、愤怒等心境。

二、综合材料绘画的创新

虽然综合材料绘画的理念最早出现在西方国家,但是随着时代的发展,中国的综合材料绘画已经逐步完成了与传统绘画的深度融合,展现出独特的艺术内涵和精神价值。信息化时代,民众不再满足于索然无味的绘画意识表达,对绘画艺术多元化的追求使得综合材料绘画拥有了更加深厚的群众基础。新时期综合材料绘画的艺术表现力在打破民众对绘画作品的传统鉴赏和思考方式,使民众艺术理念受到冲击和挑战的同时,完成了对艺术的解构和丰富,使其在原有绘画艺术的基础上增添了更加丰富的创造力、感染力,为现代绘画注入了新的活力,也推动了现代绘画的创新与发展。

三、新时期综合材料绘画的艺术表现力

第一,新时期综合材料绘画的艺术表现力在于独特的创造性。综合材

料绘画突破了传统绘画中笔墨元素的桎梏，在材料的选择上更加宽泛，而在具体的绘画实践过程中，不同材料会留下特殊肌理、纹路和质感，形成反差鲜明的视觉表现效果。这有利于提高技法创作者的艺术创作力、调动创造者的艺术思考能力，并将自身独特的思考领会贯穿于作品的创作过程之中，形成独特的艺术形态。谈及创造性的材料应用，无数画家在这一方面做出过大胆的尝试和积极的探索，比如著名画家塔皮埃斯就在颜料中加入沙砾、乳胶等材料，丰富了色彩的表达效果，使色彩更加厚重，这也使其赢得了广泛的赞誉。塔皮埃斯还在自己的画作中频繁使用水泥、沙土、鱼鳞等材料，使其作品风格越发多元和丰富，展现出了艺术家独特的艺术创作力。新时期国内外画家将不同类型的材料与传统绘画技法相结合，无论是色彩还是形态都能够做到灵活运用，使综合材料绘画的技术和理念得到提升，打破了传统绘画对艺术家的思维局限，形成一种相对完善的艺术逻辑和思维结构。

第二，新时期综合材料绘画的艺术表现力在于丰富的艺术语言。传统绘画语言主要由色彩、线条、构图等要素构成，新时期综合材料绘画则突破了这一艺术语言表达局限，探索出了更多丰富的、有趣的、符合现代观念的美术艺术语言。其中最大的特点就在于，综合材料绘画中涉及多种不同的材料，不同材料所展现出的肌理、纹路各不相同，材料中蕴含的文化属性不同，材料的组合与搭配在传统线条、色彩、构图的基础上，又融入一种变化多样的艺术语言。在描绘战争的画卷中运用残破的木屑、石灰等材料，能够更好地展现出战争后城市的满目疮痍、断壁残垣，更加生动展现了战争的残酷。德国画家安塞尔姆·基弗创作的《战争》，就用了木屑、草木灰等材料，展现出了一种寂静荒凉的艺术景象。当表达欣喜、愉悦的艺术情绪时，则可以将亮色金属、绸缎等作为绘画材料。因此，新时期综合材料绘画艺术语言的展现，得益于画家对不同物质内涵的深刻理解。

第三，新时期综合材料绘画的艺术表现力在于对自然和生命的敬畏。

综合材料绘画是绘画艺术发展到一定阶段的产物，反映社会现状，洞悉人文思想。绘画所采用的材料大多也是与人类生活息息相关的物质，如肥料、各类布匹、草木、石头等。这些材料普遍具有较强的人文性、自然性和烟火气，通过上述材料的运用，能够进一步拉近艺术作品与民众的距离，使得美术绘画不再是高高在上的"珍品"，而是贴近生活、反映民生、表达情感的艺术载体，用生活化的艺术表现力感染群众、温暖人心，如此一来有利于培养更加广泛的艺术群体，为此类绘画的发展奠定坚实的群众基础。

第四，新时期综合材料绘画的精神内涵及发展目标。随着时代的发展和民众审美意识的不断进步，一批具有强烈社会责任感的综合绘画艺术家心系生态环境健康，关心社会发展进程。他们希望能够尽己所能将各种社会状态展现在公众视野之中，各种环保材料、媒介的运用展现了新时代综合绘画渴望生态健康发展、呼唤人与自然和谐发展、关注各阶层民众生活情况的精神内涵。笔者认为，新时期综合材料绘画发展主要有三大方向：首先是凸显社会价值，充分运用各类特殊材料，体现不同材料对于艺术发展的价值，引导人们意识到节能减排、变废为宝的重要意义，展现绘画的多样性；其次是进一步创新绘画表现形式，不拘泥于传统的艺术思维，结合时代特点和受众需求，探索更多的综合材料，形成更加丰富的综合材料绘画谱系；再次是将综合材料融入广大受众的艺术生活，在校园、社区开展相关教学和鉴赏活动，用大众智慧推动综合材料绘画的创新。

综上所述，综合材料绘画的艺术表现力既有艺术层面的价值，如独特的材料肌理、纹路，又有独特的人文价值，如唤醒受众的情感体验，引发受众的情感共鸣。人本性和艺术表现力的深度融合构成了综合材料绘画艺术表现力发展的基础，画家将自身情感融入综合材料绘画之中，创新表达中展现出画家的社会责任感和价值取向，推动现代综合材料绘画不断发展、丰富。

孟洁洁，宁夏文艺评论家协会会员，现供职于宁夏文联。

李鹏"长渠流润宁夏川"影展观后感

◎王 健

李鹏老师的影展,政治站位高,主题鲜明,明效大验。为什么这样说呢? 2020 年 6 月 8 日到 10 日,习近平总书记视察宁夏时,除了讲脱贫攻坚和民族团结外,重点讲了一河一山。总书记强调:"要把保障黄河长治久安作为重中之重,实施河道和滩区综合治理工程,统筹推进两岸堤防、河道控导、滩区治理,推进水资源节约集约利用,统筹推进生态保护修复和环境治理,努力建设黄河流域生态保护和高质量发展先行区。"

"'先行区',顾名思义,就是要先行一步、探索实践。"

"这意味着,在黄河流域生态保护和高质量发展这一国家战略中,宁夏被赋予了一项责任重大的任务。"

而李鹏老师的"长渠流润宁夏川"正是用影像的力量,以唐徕渠为导引,紧扣"建设黄河流域生态保护和高质量发展先行区"这一主题,生动地诠释了宁夏因黄河而生、因黄河而兴的传奇故事。

一、这是近年来看到的最安静的影展

安静不是说观众少,没氛围,而是指影像带给观众的视觉感受是安静。影展的题目"长渠流润宁夏川"中的"流润",就是一个安静至极的词语,它的近义词有安生、安宁、安详、安逸、静谧、安澜等。《青铜峡良繁场 2017 抢抓农时播种小麦的人们》拍的是农忙时节抢种育苗的场面。按常规思维应该拍摄人山人海、轰轰烈烈的热闹画面，以示"抢抓农时"的浓烈气氛。但我们在李鹏老师拍摄的画面中体会到了一种静谧的感觉——静谧的田垄、静谧的白云、静谧的白杨和那白杨树上静谧的鸟窝，无不透露着李鹏老师的创作手法和理念。这种创作理念和手法是一种"高级"的视觉语言，正所谓："山气日夕佳，飞鸟相与还。"在这个浮躁的社会，静下心来观赏这样安静的影展，是一种享受。

值得一提的是，此次影展的海报做得极为传神，抽象的渠水中，三幅剪影显得十分安静。

二、这是近年来看到的有文化品位的影展

还是从影展的题目"长渠流润宁夏川"说起，"流润"有流布滋润，流水不腐的含意。我们从这潺潺的流水中，看到了李鹏老师持续 10 年时间的不懈努力，用 120 幅作品，讲述唐徕渠流经的青铜峡、银川、平罗、石嘴山等地的历史古韵与人文气质，展现了"望得见山、看得见水、记得住乡愁"的文化画卷。

要想使自己的影像有文化、有力量，摄影家要有思考和触类旁通的能力，这种能力的获得，静下心来思考、静下心来读书是一条路径。那些眼睛只盯着相机和风光，热衷于构图、影调、后期的摄影师，拍出的影像往往骨架很强壮而肌肉却很萎缩。

三、这是近午来看到的具影像逻辑的影展

李鹏老师的"长渠流润宁夏川"可以归类于专题摄影。专题摄影是考验拍摄者挖掘题材的深度和广度及把控影像逻辑的一种摄影方式，对摄影者的要求较高，表现在摄影者要善于分辨有效信息，能够把看起来互不相干的事物勾连起来。这除了充分发挥摄影技术的可能性和不断变换的表现手

法外,坚守传统也是新的突破口,也就是我们常说的"守正创新"。

看李鹏老师的影像,总有一种似曾相识的感觉,可哪里相识,似乎又说不出来。《银川北塔湖 2019 湖边投食飞鸟的女人》,粗看,画面太普通了,不要说摄影家,就是普通人,使用手机也能拍出类似的照片。但是,仔细打量,水鸟的羽毛上透出的侧逆光,和侧逆光打在投食飞鸟的女人头上和胳膊上形成的轮廓光,使飞鸟和女人与背景分离开来,很好地表达了二维空间表现三维世界的摄影本质要求,这就是摄影家与摄影爱好者的区别。

摄影创作只有具备直观视觉形象,才适宜实现表达,不然摄影就没有力量。这就是所谓的影像逻辑。像《青铜峡地三村 2014 在水稻田里传递秧苗的夫妇》《贺兰常信乡 2018 在唐徕渠畔骑行回家的两个女人》《永宁柳渠沟 2017 寄居在长城脚下的祖孙三代人》都让我们感受到了影像逻辑的力量。

《青铜峡唐正闸 2019》是影展的破题照片,是这次影展的视觉中心。它在影展中起到提纲挈领的作用。整个影展的图片围绕破题图片而进行,使影展主题思想鲜明地凸显出来。

鸡蛋里面挑骨头的话,在景别逻辑上,还有商榷的地方。全景和特写的使用略显单薄。

相机是摄影家表达内心世界欲望的工具之一,每位摄影家有不同的表现手法。正如中国古代画论所说:"画有法,画无定法。"如今的时代,科技发展日新月异,不单是艺术,还有很多事情都没有固定不变的模式可循,越来越多元化,我们努力追求的就是用眼睛去观察自然,用心去领悟自然,做到专注、静心。

李鹏老师通过"长渠流润宁夏川"做到了!

王健,宁夏日报报业集团专家委员会委员,宁夏文艺评论家协会理事。

用影像叙事

——观李鹏"长渠流润宁夏川"影展

◎梁　宏

　　中国摄影家协会成员李鹏用了长达十年的时间，运用摄影纪实手法，从宁夏境内引黄灌溉水利工程，素有"塞上乳管"之称的唐徕渠灌溉资源为切入点，把沿途百姓在农业生产、经济发展和民众致富以及当地风土人情，通过专题影像纪实的拍摄形式，从多角度的视角呈现宁夏黄河文化的历史古韵与人文精神的场景，并精选出120幅摄影作品在宁夏博物馆进行展出。

　　利用摄影画面既间断又有连续性的表现手法，真实地呈现事件进展过程，详细解释画面内容，这就是专题摄影的优势所在。这就要求拍摄者在选择题材时，要从事物的多方面入手，使拍摄的题材内容真实可信，还要对事物变化的表现留有空间，既要反映出场景画面的立体感效果，还要有强化佐证事件的认知力度。当拍摄者把镜头对准被拍的人或事物时，就要尊重和不干预拍摄对象，并从情感上融入其中，才能在拍摄中掌握主动权，将叙事的场景和构图的视觉元素很好地表现出来，同时还能将自己的拍摄风格通过可视画面呈现出来。正如李鹏所说："在拍摄题材时，为了减少被拍对象的拘束感，先与他们攀谈、交朋友，熟悉后，再去拍摄，这样就能拍摄出比较满意的作品来。"

　　在拍摄"长渠流润宁夏川"过程中，宁夏文学艺术界联合会给予大力支持。这次影展,分别从信息含量、时空跨度、对象多样性及画面的寓意性等四个方面对专题纪实摄影的优势进行了展示。

一、信息含量

拍摄专题纪实影像,首先要了解该事件与社会经济发展、人文历史和人们的生活是否密切相关,以及各事件之间相互影响程度,信息含量将达到什么要求和目的,在拍摄中还需要具备哪些条件等因素。初步确定一个框架,在拍摄和积累素材时就会少走弯路。水是人们赖以生存的生命之源,拍摄者针对这个题材,把贺兰山下民众如何依靠唐徕渠水利灌溉资源发展农业生产以及致富奔小康的生活现状用影像画面真实地展现出来。同时,还对社会经济发展和世界灌溉工程遗产等方面提供了佐证依据。

黄河水从宁夏青铜峡境内流入唐徕渠,又流经银川市、平罗县、石嘴山市等六个市、县,使途径的 90 万亩农田受益。 我们从拍摄者拍摄的远景、中景的影像画面中看到,影像中"远取其势"的大场景画面,把黄河入境的九道弯场面、青铜峡黄河峡谷的纵深感气势和唐徕渠灌溉宁夏平原的宏大场景,用航拍技术向观赏者进行了展现(001 号和 002 号画面)。为了突出局部的表现效果和画面整体的节奏感,以俯拍的角度和斜线构图形式,将农民正在田间砌护"U"形渠道的场面(006 号画面),用很有动态效果的画面反映出来。为了表现出画面的层次感,拍摄者将操作收割机的人物框在拍摄画框中的左前景的位置上,并将这位被摄主体操作收割机收割稻谷的专注神态用正侧面近景画面表现出来(073 号画面)。为了给观赏者留出想象、回味的空间,画面中留出大量的视觉空白。为了强化画面中的动态效果,还在收割机右边留出足够的运动空间,同时又把画面右边中心线上的另一台收割机当作陪体,再利用远处背景的衬托,将观赏者的视线引到开阔的种植农作物的田野上,更好地向人们介绍黄河水流经宁夏银川平原,帮助当地民众跨越式发展。

该专题纪实影像所涵盖的事件内容以及拍摄者所展示的画面中,信息含量已达到了专题纪实影像拍摄的要求。

二、时空跨度

我们从这些专题纪实影像画面中看到,拍摄者历时十年,奔波在宁夏引黄灌区的乡村、田间、地头,展现出"望得见山、看得见水、记得住乡愁"的美丽画卷,用摄影镜头、画面构图形式、拍摄技巧向观赏者诉说社会经济变化,以及唐徕渠灌溉之水带给沿岸人们的幸福生活。这种大跨度的时空拍摄纪实影像,拍摄难度之大,对象之多,也从另一个侧面衬托出拍摄者的毅力和敬业精神。

这次影展首先以青铜峡唐正闸的开闸放水为起点(005 号画面),将人们的看点从古渠两旁农业经济和人文景观的变化场景,引渡到石嘴山唐徕渠水流入黄河的全过程。由于黄河水的引入,银川地区有许多湿地、湖泊,水系充足;又因各处湿地得到很好的保护,每年的三月到五月候鸟迁徙银川(020 号画面)。随着画面的展示,我们看到平罗县惠威村的农民在收获被人们称为"红果子"(枸杞子)果实的场景,满脸沟壑、面带笑容的农民,手举着沉甸甸的盛枸杞子的筐子(065 号画面)。拍摄者利用中景别和大光圈虚背景,凸显主体形象,提升了摄影审美意境。

以上这些拍摄方法非常符合摄影基本构图法则,即主题明确、主体突出、画面简洁、动静结合的画面拍摄要求。并且,我们还要为拍摄者能够灵活地运用拍摄技巧而点赞。

三、拍摄对象的多样性

一组专题纪实影像画面因场景、区域以及表现内容的不同,要及时抓住被拍人物的特点,并凸显运动过程中的形体变化,这也是拍摄者在纪实摄影中抓拍事件画面时展示出来的基本环节和技能。

在拍摄青铜峡第三村的农民在水稻田中转运秧苗时,拍摄者采用低角度仰拍方式,将一捆秧苗在空中转运的场景抓拍摄下来(025 号画面)。正如法国的卡蒂埃·布勒松在 1952 年出版的《决定瞬间》画册的前言中说的:"选择的环节是最重要的,在选择的空间中,把某种有意义的特定瞬间固定下来。"特定的凝固瞬间画面在此表现得非常到位,使画面中静态场景产生出动态效果。一年之计在于春,作者对于春播,从平视的拍摄高度,把采取了斜线构图的样式,将田间地垄的线条场景和早春时节田野上的画面呈现出动态效果(003 号画面)。画面中视觉主体是两位农民操作着播种机,在田间播种、施肥,远处是广阔的平原以及成排的村舍与树木相衬托的景色。通过这些画面中的视觉元素,观赏者看到了当地农村在建设规划乡村的新面貌以及唐徕渠沿岸人文精神场景的变化。黄渠桥乡村文化活动的影像画面中(113 号画面)前景是一位动态有力的指挥者,中景是许多肩扛大鼓的擂鼓人,背景是醒目的中国梦横幅,点明了乡村文化的宣传主题。拍摄者能充分地利用前景、中景和背景的视觉构成元素与处理形式,把画面中多种元素的层次感呈现得非常到位,影显出很强的画面立体感效果,使该画面自然地成为一幅好的摄影作品。

从拍摄者展示的几幅画面来看,我认为摄影者在选择拍摄对象时,在多样性方面把控得很好。

四、画面中的寓意性

画面中运用寓意性表现手法,这是升华画面表达意境最直接的表现形式,也是提升画面表现力和生命力必不可少的画面构成元素。

030 号画面里,右边父亲手握铁锹,在田间水渠边淌水,左边小姑娘在水渠另一边,并向镜头走来,拍摄者应用逆光的拍摄角度,将太阳照射的光环呈现在小姑娘的头顶上方,寓意青少年就像早晨八九点钟的太阳,世界的辉煌将由他们去创造,衬托了人们向往更美好生活的愿望。还有 098 号画面,从画面构图,空间立体位置上反映出祖孙三代人的心态和胸怀,爷爷在画面的中间位置低头沉思,父亲在画面的前景位置抬头凝视着远方,而小孙子则正攀着上房的梯子,有登高望远、更上一层楼的动态行为和开阔眼界、吸收新鲜事物的寓意。通过这三个人物不同的表现与形体动态,衬托出不同年龄段的人物所想所思的个体差异,也反映出后浪推前浪,一浪更比一浪高的人类生存的自然发展规律。

如果我们在拍摄画面中恰到好处地运用寓意法,就能更好地突显出摄影画面的内涵意义与实质性,同时也是推动影像作品创新的根本所在。

总之,在"长渠流润宁夏川"专题摄影展上,拍摄者对拍摄画面的基本原则把控较好,灵活地把拍摄技巧应用在画面中,而且有些作品寓意可圈可点,对影像的表现意境起到一定的升华作用。在人物表情的抓拍中,有些作品运用凝固瞬间的技巧,很好地表达出摄影的审美意境和艺术性。但是,也有些影像画面,在抓拍时,把握时机还不太到位,弱化了画面的视觉美感。为了展现出纪实影像的统一色彩,拍摄者采用了黑白色调来表现这些影像。然而,现代影像画面中没有色彩会弱化情感的表现力和审美意境。

在今后拍摄纪实专题影像画面时,采纳专家对课题立项的研讨思路,集中力量突出重点,更好地利用影像的非语言功能,发挥出摄影艺术的魅力。当然,这都是在不违背专题摄影真实性的前提下去完成。

梁宏,宁夏文艺评论家协会会员。

一堂别开生面的摄影鉴赏课

◎陈莉莉

关于摄影,我可以说是门外汉,虽然从事新闻宣传工作时用单位配备的照相机,也拍过一些、发表过一些照片,但基本没有什么技术或艺术含量可言。就是那样短暂的从业经历,让我觉得,摄影和写作一样,都需要热爱和坚持,事实上,无论哪一项艺术,都需要艺术家具备这些素养。

参观宁夏摄影家协会主席团委员、中国摄影家协会会员李鹏先生的摄影展,吸引我的,是他的摄影主题——长渠流润宁夏川。对于宁夏人来说,黄河真如母亲一般,给予了我们无限的偏爱,早在2000多年前的秦、汉时代,智慧勇敢的宁夏人民就引用黄河水灌溉,"天下黄河富宁夏"是我们可以宣告世界的骄傲,"长河落日圆"是文学史上永恒的风景。母亲河这份毫不掩饰的偏心,改变了塞北地理属性上的一切缺憾,使偏远的宁夏成了"塞上江南"——"贺兰山下果园成,塞北江南旧有名";使银川成为西北仅有的"湖城"——"追忆前人疏凿后,于今利泽福吾居";使这块面积并不大的平原布满密如蛛网的灌溉渠——"原隰利分均上下,汉唐泽溥自春秋"……而世界灌溉工程遗产、"长渠流润、千年一脉"之唐徕渠,从青铜峡出发,向北流经永宁、银川、贺兰等地,到平罗终止,像一条天然乳管,慷慨地注入沿途的田野、树林、湿地、湖泊,滋养了世世代代的宁夏人民和千百年来的自然万物,承载着渠畔人家对生活、对乡土的倾情热爱。我因为居于唐徕渠畔、宝湖公园附近,每日在渠畔、湖边散步,享受着这份不可多得的人工兼天成的厚爱,对唐徕渠更是别有一番情愫。所以,我是带着好奇和欣喜观赏李鹏先生关于唐徕渠的摄影作品的,毕竟,相对于我这个故步自封的普通市民的休闲方式,他坚持 10 年、拍摄下 10 万张照片的壮举,更能包罗万象地展现唐徕渠的全貌及渠畔百姓生活的风土人情。虽然此次参展的作品只有 120 幅,但他走进生活深处,用镜头讲黄河故事、弘扬黄河文化的壮志和作为黄河赤子延续历史文脉、展示好古渠新貌的那份情怀及对家乡热土、对渠畔百姓生活的熟悉和热爱,都展示了出来。

因为不懂摄影艺术,我观展感受到的,都是照片里传达出的感性的生活和思绪 ,同时,通过这些照片,我第一次对唐徕渠的历史有了一个宏观的认识。我在那张俯视角度拍摄的《青铜峡唐正闸 2019》前流连,为自然和人类的伟大,叹赏不已。

看完作品展,坐下来讨论时,各位摄影家从选材立意的高度和摄影艺术的取景、色彩、光线等角度,对李鹏先生的作品做了精到的点评。褒奖是真诚的,批评同样真诚,许多观感是我所没有的,许多发现和问题也是我所没有意识到的,我不由暗自感叹:这是一堂面对面、高质量的摄影艺术鉴赏课啊! 我不禁为自己的幸运感到欣喜,同时,"要是能和摄影家一样用'脚'写作,我这个业余写作者,应该也会输出很多深入生活的、接地气的文字作品吧。"的念头,不断在我脑海萦绕着,挥之不去。

这些按照一年四季的渠畔生活展现的照片,均以拍摄地命名,重点是渠畔百姓及他们的劳作和日常生活,其中又多以展现农耕文明为主。从总体上来说,摄影家 10 年深入沿渠各地,多处选材取景,内容自然是丰富厚重的——青铜峡、永宁、贺兰、平罗、银川等地的普通劳动者都出现在了他的镜头里,但可能是因为我的私心,我觉得还可以更丰富一些。比如唐徕渠穿过银川市 ,像一条舞动的金色绸带,而结合水景和地形地貌依渠而建的开放式带状滨水公园,不仅改善了银川的生态环境,更成为银川人气较旺

的休闲和运动胜地,跳舞的、打太极的、跑步的、舞剑的、唱歌的、打球的
……一派国泰民安、生机勃勃的景象。这些年来,我眼看着唐徕渠的线路不
断拓长,两岸绿化、添彩面积不断扩大,基础设施不断翻新:新铺的跑道,材
质令人脚感更舒适;新修的彩虹桥,不仅便利了渠畔人们的来往,更提升了
唐徕渠的颜值和气质;沿渠、绕湖而建的新小区,鳞次栉比的高楼大厦,等
等。遗憾的是,这些代表唐徕渠历史新貌的景象,在摄影家的镜头里几乎看
不到,沿途公园的新变化,摄影家可能也没有过多关注。我十分偏爱并深深
陶醉的渠畔的植物:原有的、最能代表宁夏的树木沙枣树、白杨、洋槐,还有
近些年来引进的美国红枫、紫叶稠李等乔木,以及睡莲、马鞭草、红叶白蜡、
虞美人、亚当海棠、金叶复叶槭等花卉和树木,在摄影家的镜头里几乎没有
出现。说到人物,我又想起了每年夏季,在唐徕渠里游泳的那些人——虽然
唐徕渠是禁止游泳的,可那些自称在唐徕渠长大的人,不喜欢去泳池里玩
水,觉得太憋屈。远远望去,他们的脑袋像西瓜一样在渠水面上起起伏伏,
这样的镜头如果能够定格,也是很有代表性的吧! 最近,宝湖公园里新建了
一座公益图书馆,为晨练和晚练的人们提供了一个环境清幽的精神加油
站、身体休憩地,这个创意实在是太好了,估计摄影家还没有来得及去拍
摄。

　　很显然,因为个人成长环境、喜好等影响,摄影家对唐徕渠两岸的城市
生活、现代文明关注度不够,或者说兴趣不大,也因此,"长渠流润"的历史
变化体现得不够鲜明,时代变迁不够突出。

　　一堂摄影鉴赏课后,我对自己生活的这片土地和土地上的人们更加了
解,更加热爱了。艺术是相通的,我想,如果写作者能和摄影家、画家们一起
走出书房进行实地考察,那么,我们的黄河故事,一定能讲述得更立体生动。

　　　　陈莉莉,中国文艺评论家协会会员,宁夏文艺评论家协会会员。

文学·影视

文化现代性叙事是怎么慢慢丧失的？

——重新审视"西部""新西部"电影和"历史纪录片"

◎牛学智

在《西部电影对西部形象的早期定格与审视》①一文中，我们已经大致梳理了从"西部电影"到"新西部电影"的变化过程。其中，在"西部电影"过渡到"新西部电影"的思想纽带上，即电影人对社会文化语境判断上诠释的"新"，我们概括了这么三点突出的变化：一是不再以明显的二元论来结构现实，二是注重人物精神世界的复杂性，三是格外关注从"边缘"人物视角看现实秩序，贾樟柯的《小武》正是如此。以小武这个小偷看转型期西部现实的真实现状，有了另一番新的寄寓在里面。当然，这样一个变化，要究其原委，只有分别来探讨。

在大众艺术的观众摸底上，也许存在着一个道德伦理文化的判断问题。因为在所谓"新西部电影"阶段，电影的有效观众基本是城市青少年，以80后、90后、和00后为主体，来自各级各类学校班会课的思想道德信息都不约而同使老师、家长乃至社会迅速达成了共识，他们认定，个体的道德伦理失范，是所有社会问题的重中之重，有志于"启蒙"的电影自然责无旁贷。于是，个体道德伦理文化的重塑，成了新西部电影普遍性追求。如此做，在

---

① 金春平，牛学智.《西部电影对西部形象的早期定格与审视》，《南方文坛》2015 年第 4 期。

票房与精神文明建设两方面都能站得住脚。在"西部"这个品牌的提升上，用意也很显然。正因为西部电影的精髓就在于直面现实问题，其批判现实主义风格要得到新的提升，只有淡化西部异域风俗画，突出新世纪西部乡村保留相对完整的传统道德伦理文化秩序。于是，想象的、欲望符号化的城市生活也就在"新西部电影"的象征性叙事中被间接叙事处理了，一举两得。在政治经济话语的份额中，"新西部电影"有意识地强调城乡互动故事，特别是导演对外来者、闯入者这一被强化角色的启动，显示了"新西部电影"希望发现并弥合西部城乡统筹协调一体化发展的努力，可谓主旋律与文艺性两不误。

同样，在该文中，为了提出问题，借用哈贝马斯"重新封建化"②的观点，我们直接把这种选择归结为"新西部电影"的城镇小市民文化趣味化。倘若展开说，其实，这一判断还需要有个必要的背景性论述，即"在乡"与"在城"的语境规定性问题。不用说，这样的一个空间张力，有其不得不如此的理由，也有其选择的视野局限性。

"在乡"与"在城"

"新西部电影"从"西部电影"那里接过接力棒，它所面临的挑战的确非常多。有来自票房的压力，有来自创作班子的压力，有来自市场的压力，更

---

② 重新封建化，是德国哲学家于尔根·哈贝马斯分析媒体在构建公共领域时提出来的一个概念，他认为 19 世纪末国家和社会的渐趋融合所出现的社会转型表明，报刊从纯粹的新闻报道发展成为文化思想传播，从意识传播到商业盈利，媒体的公共品格逐渐让位于商业广告，媒体的公共话语空间逐渐丧失。紧接着，媒体假借公共舆论的外衣传播伪公共话语的现象成为常态，理想的公共领域也就全盘瓦解了，哈贝马斯把这种表现称为公共领域的"重新封建化"（见［德］于尔根·哈贝马斯：《公共领域的结构转型》，曹卫东、王晓钰、刘北城、宋伟杰译，南京：译林出版社 1999 年版，第 32—34 页）。另外，这一具体社会现象上升到意识形态层面，即后现代粉墨登场之时，哈贝马斯基于对现代性合法性的捍卫，对新保守主义或审美无政府主义的批判，也属于对"重新封建化"的批判。他说，后现代思想只是自以为处于超越的位置上，而事实上他们仍然滞留在由黑格尔所阐明的现代性的自我理解的前提之中。"我们也不能立即排除这样的可能性，即新保守主义或审美无政府主义打着告别现代性的旗号，而试图再次反抗现代性。这就是说，它们也可能只是在掩盖其与披着后启蒙外衣的反启蒙的悠久传统之间的同谋关系。"（见［德］于尔根·哈贝马斯，曹卫东译：《现代性的哲学话语》，南京：凤凰出版传媒集团译林出版社 2011 年版，第 5 页）。

有来自价值调整是否成功的压力。当然,最尴尬的莫过于"在城"者怎样叙事"在乡"者的世界,这个挑战一直到西部纪录片③大量出现之时,还都未能从理论与实践两方面完全解决。因此,这两个不同空间,一边成了西部电影保持其审美张力的依据,一边实实在在成了西部电影往前迈出半步都很难的魔咒。

"在乡"与"在城",不能简单理解成乡村局外人和城市外乡人之间旷日持久的对峙。虽然这样的"隔膜"将长期存在,但这里所强调的意思是,影像叙事作为大众文化之一的某种文化现代性努力——寻求城市与乡村达成共识的结合点,进而在尊重异质文化的基础上企图解释城市与乡村的空间距离带来的一系列焦虑症结,最后,企图令人信服地构建起中国式现代性叙事典型,从而缓解诸如身份危机、文化危机、伦理道德危机和精神意义危机等难题。如此说来,"在乡"与"在城"其实可以理解为是一种观照的视野。

不过,在有效阐述这个问题之前,我想先有必要举几个西部乡村内部④的影像叙事,以期与"新西部电影"的主要追求作一比较。比如甘肃天水市秦安县农村妇女"叶子"自掏腰包 10 万多元请县文化馆人员协助拍摄的微电影《叶子》,一经发到网上,点击率超高,丝毫不亚于某部票房占据首位的

---

③ 西部纪录片是中国纪录片的一部分,单就纪录片而言肯定十分复杂,不是此处要讨论的主要内容。此处所说的西部纪录片,指在现如今新型城镇化背景下带有明显经济建设思维,并主要由西部地方政府立项、主导、拍摄的宣传各地传统历史文化(而不是现实生活)的新的宏人叙事。显而易见,这类西部纪录片不同于配合人类民俗学研究的影视人类学纪录片。云南省社会科学院民族学所对后者的研究和实践比较早,影响最大者就有 1985 年的《澜沧江》、1990 年的《来自湄公河的考察报告》、1994 年的《红土高原的穆斯林》,一直到新世纪第一个十年期间拍摄的纪录片《云南藏族》《西南铜鼓文化之谜》等,都属于影视人类学纪录片。前者指大型电视纪录片《河西走廊》(2015)、《神秘的西夏》(2015)等,大的方面而言,实际上都是继新西部电影之后的一种重新西部化尝试,这里暂且不论。

④ 所谓"内部",介于整个意识形态与私人经验之间,也介于个案与普遍性之间,是同等村落的一个类比。相对于宏观的"公共领域",它是具体空间;相对于微观的"私人领域",它是集体经验。社会学学者郭于华就"老毕事件",对公私界限如何划分? 公共讨论何以可能? 的社会学探讨,即属此例。这里所说的"西部乡村内部",便是高于私人但又低于主流意识所界定空间的一个中间地带。应该说,这一空间所表达的内容,更有资质帮助认识和理解中国西部社会的结构性特点及其社会转型过程。相关概念见郭于华《公私界限如何划分? 公共讨论何以可能? 》,《学海》2015 年第 4 期。

斥巨资电影,其中的信息也就不是西部乡村外的人能够完全理解的了。在镜头的平视中,今天西部乡村女青年叶子的自由恋爱如何在两人无任何反抗的情况下,被家长们不由分说粉碎的过程,特别是其中视嫁女儿如卖女儿的现实,相信不是哪个乡村乌托邦主义者能够转换成正面问题的,这也是当事人的反抗始终只停留在意识层面的根本原因,即意义生活仍牢牢被生存问题所牵制。唯独能与之构成平等对话水平的,恐怕只有李杨导演的《盲山》了。因为《盲山》所讲述的西部偏僻山沟里骗婚、逼婚的野蛮行为,在其他多数"新西部电影"中也一般是被刻意掩盖的。再比如甘肃平凉市静宁县李店乡农民自拍的《平凉的果农》微视频,虽然刚在网上大量转载就被删除了,但它通过反讽手法对"不务正业"成天待在家里学唱卡拉 OK 的果农的跟踪式抓拍,使镜头本身具有了强烈的现实感,值得认真研究。镜头中,果农张某先是因待在家里练歌与一心侍弄果园的妻子闹别扭,矛盾不能自行解决,没办法,于是妻子把丈夫告到了村委会主任那里,希望通过村委会主任的权力来治治丈夫的懒病。事情也按照妻子的意愿发展,张某遭到主任严厉批评教育后,果然痛改前非,彻底对他的"个人梦"死了心,开始踏踏实实侍弄果园。事情的蹊跷之处在接下来的情节发展中。正当这一家人的生活按农民的正常轨道运行时,阴差阳错,实现"个人梦"的机遇却来了。丈夫曾经的那一点歌唱底子居然成了他代表乡上参加全市苹果展销会歌唱演出的最大资本。不由分说,这一机遇的贸然光顾,又一次打破了果农的生活秩序,果农只能在完全失语的情境下为这个"被梦想"做一切该做的准备,果园暂时得放下,代表乡里最重要。最后,视频中果农张某闪亮登场,手拿麦克风,西装领带,风度翩翩,又是接受记者采访又是畅谈个人梦想,好不风光,"个人梦"于是与"中国梦"达成了和解,取得了一致。这说明,只有在"被梦想"中,果农的"个人梦"才能得到认可,而自为状态下的意义生活,非但不被政治认同,而且还会遭到来自共同体内部的歧视;也进一步表明,果农只有换上另一副行头,比如置换其身份,变成一个准市民、准歌星,他的"个人梦"才能代表"中国梦"。毫无疑问,这个微信视频实际上在下意识甚至无意识当中,讲述了今天西部地区农民与个人意义生活、个人意义生活与共同体、共同体与基层政治之间看上去统一,实则充满错位感和破碎感的复杂关系。直接点说,这种越过农村农民的传统道德伦理文化逻辑,以高度意识形态化方式诠释当今农民追求理想的视角,显然与以传统乡村道德伦理秩序垫底的"新西部电影"有不少出入。

还可以举一些典型例子,比如前一段时间网络转载比较火的甘肃秦安县方言版微视频《村长剪彩》《村长开会》和宁夏固原市"小编"对老版电视连续剧《三国演义》之《失街亭》"诸葛亮挥泪斩马谡"片段的方言改装版微视频,名为《固原俩队长》。这两个视频都有相当的长度,都比较完整地表达了新型城镇化过程中农民截然不同的反应。有价值的地方就在于这两个微视频所反映内容的截然不同。前者是以小品加独角戏的方式由一个叫村长的演员独自完成,在新型城镇化语境下,负责政策的上传下达,一些陌生的政策术语,他首先要经过自己的理解消化,再下达给群众。是新政策的坚定执行者和解释者,在西部农村脱贫致富的总体方针上,面对的主要障碍是个别农民懒惰、不思进取和对扶贫政策的歪解乃至错用。什么是产业链伸长,什么是产业结构调整,等等,他都得化用方言土语和具体事例形象地说出来才能被农民理解。这个转译过程便充满了戏剧性,有笑料也有民间荤段子,这当然是该视频被广泛转载的主要理由,不必多解释。需要进一步阐释的是,该视频中暴露的乡村矛盾。"脱贫致富"等是西部农村工作的重点之一,也是新型城镇化建设中城乡能否统筹协调一体化发展的难点。在这一点上,该视频抓住了问题的关键。概括说,这个矛盾基本集中在村委会主任与农民、农民与农民、农民与上面检查之间,但都围绕村委会主任展开。村委会主任实际没有真正的行政执行权力,那么,问题就来了。村委会主任只能通过挖掘传统文化中的道德伦理力量对村民进行规劝、诱导,必要时实施语言暴力干预。对于这一点,目前的农村恰好已经没有支持语境,故而村委会主任的道德伦理威慑力实际根本起不到作用。非但如此,村委会主任每用语言暴力时还得时刻准备承受来自农民暗地里的报复。如此,剧情一波三折,有惊有险,长期对峙,经常拉锯。"脱贫致富"一类问题,在长期摩擦中便转换成了文化问题。在农民的角度,以想象的城镇生活标准为参照,传统文化已经无法与剧增的物质需求匹配,现代文化及其相应的现代社会机制的缺席,激化了农民所有矛盾,并固化为某个坚硬的思维定式——政治疏离感,错位中求生存的农民只能变成简单的经济工具。在乡村政治的角度,村委会主任实际被变成了道德理想主义者,他负责用道德伦理文化融化来自上级的指令,也同样负责以此武器化解来自民间社会的冲突。这样一来,现代化乡村经济建设,其实是由文不对题的传统村落文化程式来贯彻落实的。这也就意味着,"脱贫致富"所导致的利益争夺,反而加速了乡村文明重新封建化而不是现代化。"越扶越贫"除了腐败的原因之外,根源大概就在这里。

《固原俩队长》通过改变台词来表达不切实际的经济主义在农民和村、乡两级干部中的强烈反应。在贫瘠的黄土山梁上种植香蕉,能否见成效?在远离市区的黄土山梁上斥巨资修建娱乐休闲中心,老头老太太能不能天天提着小凳上来下去地去娱乐、去休闲、去锻炼身体?增长主义与务实主义于是展开了辩论。最终,以马谡为代表的增长主义当然取胜,但在朝堂上,以副将王平为代表的务实主义却得到了丞相诸葛亮的褒奖。然而,这个褒奖的代价却有点大,它是以牺牲黄土山梁的绿化和闲置的娱乐休闲中心为代价的。如此,《失街亭》中诸葛亮、马谡、王平等主角的对峙,恰到好处地被转换到了现实中来,并得到了现实语境的支持。

这两个影像叙事(微视频),从两个方面反映了同一个问题,即传统村落文化或一般意义的传统文化在今天一步步走向式微的过程。对照专打传统文化牌的"在城"的"新西部电影",其现代性诉求,是落空了而不是更有效了。

首先,这些影像叙事不但是乡村世界内部的,而且还是乡村世界内部真正主体最内在的状态。即是说该内在性状态不是通过"在城"意识形态向内介入而产生,那已经没有多少过去一度很热衷的类似改造、动员等概念痕迹,而是乡村世界的自在状态。那么,诸如今天西部乡村社会现实中的情感危机(比如《叶子》中叶子的朴素追求)、意义感错位(比如《平凉的果农》中想把唱歌作为农民生活一部分的愿望)和政治危机(比如《村长剪彩》《村长开会》中农民与乡村干部之间的紧张关系),究其实质,更接近"西部电影"阶段电影人对西部普遍乡村社会现实的判断,而不是"新西部电影"把西部乡村世界普遍提升为矫正城市文化的秩序象征。

这就提出了一个问题,即类似"新西部电影"的代表性作品《美丽的大脚》等,对西部乡村世界稳定、安静的道德秩序的文化叙事,究竟指向什么以及为什么如此指向。

对电影人进行简单的身份和意识形态化指责,显然不能完满解释这一问题。除了上面提到的种种"隔膜"以外,这里是不是还存在一个文化现代性诉求问题? 也就是说,当"新西部电影"把"西部电影"对西部社会现实的批判转换成对西部文化的观照时,"西部电影"时期一般被批判处理的现象,其实转过身成为文化观照的主要表征。这时候,仍然缺失的现代社会机制在"新西部电影"看来,应该与其相伴而生的生存困难一道扔进历史的垃圾桶。正因为在理解上,现代社会机制管物质生活条件,文化秩序管人们的观念、信仰和价值,这样的逻辑一旦形成,自然而然,无论宗法文化程式的秩序,还是现代意义的人的意义生活期许,都将在文化上获得同等重要的礼遇,根本不分伯仲。如此一来,"新西部电影"对文化现代性的探讨,事实上是倒退了而不是前进了。故而,无论张美丽还是图雅,她们个体身上所产生的道德伦理文化魅力,一边系着城市文化的羸弱,一边系着传统村落文化的强大,唯独没有当前乡村文化的症候。"在城"者叙述"在乡"者,仅是一种视角,这视角用得好还可以看到乡村内部视角无法看到的问题,可谓跳出乡村看乡村,至少能摆脱乡村本位主义局限。但是,如果"在城"者的视角带有浓重的复古色彩,可能就是对乡村的二度遮蔽了。这一角度,"新西部电影"实际上已经走到了城市与乡村两方面都不着边际的两难境地。对于城市,那种宗法文化秩序无疑是对现代城市文明的曲解;对于乡村,传统道德文化恐怕也是对现代乡村社会的遮蔽与简化。其结果只能是对文化现代性思想诉求的误导。

　　表面看,"新西部电影"似乎走得太快了,以致在逻辑上已经跨越了路遥长篇小说《平凡的世界》和电影《人生》《黄土谣》等的历史语境。其实不然,在今天的微电影里,新型城镇化对西部乡村世界的深刻影响,以及由此而牵动的今天西部乡村主体的遭遇,恰好被忽略了,而这才应该是制约乃至规定乡村情感取向、意义选择、价值实现的真正瓶颈。毫不含糊,今天西部乡村世界的情感危机,已经与《人生》中高加林和刘巧珍的遭遇有本质的不同,尽管表面上仍然受物质条件制约。今天西部乡村世界的政治危机,已经与石圪节乡(《平凡的世界》中孙氏兄弟所在乡)大不一样,尽管看上去乡村社会有其自身的驱动机制。一句话,如何破解经济主义价值观,是今天西部乡村文化的根本性作为。而这一点,平视视角的微电影虽然发现了物质困难,但终究无力去解决文化问题;"新西部电影"即便意识到了文化的重要性,但叙事却偏离了解决文化问题首先应该解决社会机制问题的理念。如果说,20 世纪 80 年代"西部电影"的思想主要在启蒙现代性方面,那么,今天"新西部电影"的思想则主要是文化现代性。之所以过渡总嫌突兀,是因为中间少了社会现代性叙事。这也部分地解释了为什么西部微电影、微视频常常不是突发性社会事件或搞笑段子,而是严肃的乡村社会问题的根本原因。"圣人布道此处偏遗漏",当主流叙事一而再,再而三无法下降到最棘手社会层面的时候,夹带在网络海量信息中的精短影像叙事,仿佛夜间闪烁不定的萤火之光,虽体量微小但意义重大,勉为其难地补白了这一叙事漏洞,充当了从"西部电影"到"新西部电影"一个晃晃悠悠的桥梁。

其次，当我们以文化现代性视角来看待西部影像叙事的"在乡"与"在城"时，除了发现上面谈到的这一局限之外，从积极的一面看，"在乡"者内部叙事，其本身不是没有问题，只不过，这一问题通常被社会学视野所取代罢了。就是说，如果没有大量的社会学发现，"在乡"者内部叙事实质上只是现象抓取，并没有超越性思想眼光。超越性思想眼光，在发现本质性问题的同时，一定伴随着文化建构的自觉意识。来自西部民间的微电影、微视频，显然不具有这个特点。同样，"在城"者叙事"在乡"者，虽然总是注入许多思想文化信息进去，可谓是有隐含背景，有潜在针对性的文化判断。可是，就其固定模式而言，狭窄之处就在于总是城市对乡村的态度，很少开启乡村对城市的维面（"城市外乡人"式的猎奇眼光除外）。从大量专门或夹杂在别的题材中的"城市外乡人"视角便可得知，这一类普遍性"在城"者对"在乡"者的蹩脚想象，虽采取的方式方法不尽相同，但通过叙事反复求证的结论一样，都是冲着"化"农村和农民而来，尤其"城市外乡人"和"农村闯入者"等把农村社会和农民当作小品、笑料、段子演绎的，更极端而直截了当，城市模式是标本，农村是个迟早要交出去的消费试验基地。这就意味着"在城"对"在乡"的唯一文化现代性路径，屏蔽了它们之间生动活泼的相互参照、相互辨识的理性立场，制约了"西部"这一特定语境中人文建设的另面可能性。

当然，就思想来源而论，文人或职业电影人的西部影像叙事——无论"在乡"者的城镇叙事，还是"在城"者的农村立场，不可否认，都属于文化现代性叙事范畴，只不过是中国式文化现代性叙事。本来能撬动现有文化惯性的思想信息，因不合文化接受惯例，而被迫放弃，结果把文化现代性叙事只变成了一个具有现代社会资讯特点的故事，形式是现代的，内容依然是传统的。

根据已有论述，文化现代情叙事一般表现为以下三种突出形式。一是有目的地误读成中国本土化现代性，可称之为"文化传统主义现代性"。在这个构造过程中，"优秀传统文化"和"社会主义核心价值体系"是两个最直接价值参照。既然价值方向已经无可讨论,剩下能发挥想象的地方,便只是城市与乡村二元格局尚未定型,至少发展结果还不怎么明晰的西部及其农村社会。不管它已有的符号形象,还是特色鲜明的历史与现实,都是再好不过的影视文化样本。给现代城市文化植入传统村落文化信息,或给传统村落文化配备人的现代化元素,如此调制一番,可预见的结果就出来了,即自然环境绝对静谧、人物内心绝对安静,人性运行绝对合乎以上两种要求,外界成了遥远的他者,经济主义败给了道德理想主义。一句话,文化传统主义现代性所营造的世界,只配观赏、把玩,但不宜于人们生活居住。二是有针对性地阐释为符合当前政治经济策略的中国多民族化现代性,西部具有这样的特点。这一点也几乎可以从所有西部人文研究中得到证明,民俗人类起源说、道统说、多民族文化交融说等不一而足,西部影视文化其实只是最直观的一种表征。需要进一步强调的是,在完全正确的多民族文化交融论证中,如果没有对当前社会现实的深入探究,直接把多民族民俗文化当作今天多民族生活现实,或者到现实生活为止而不是开始,毋宁说"多民族现代性"只是一个不具有合法性的个案标本,意味着文化现代性思想眼光实际上被自身解构了。显而易见,没有价值支点的多民族文化叙事,剩下的只是一堆徒有文化符号的杂乱无章的色彩大拼盘。三是有明确对抗对象的选择性、现代性,姑且叫作"反西方现代性的现代性"。我们接受西方现代性的途径很多,有文学及其理论批评方面的"审美现代性",主要以想象的虚构世界来对抗"一体化"的现实世界,人的觉醒或不觉醒是其诉求的重要主题;有美术音乐或其他舞台艺术方面的"文化寻根"(西方学界叫"新时代运动"),原住民生活形态是其当然参照,旨在通过最原始的生活方式与最先进的技术手段相结合,建构某种生态主义美学范式,再反过来审视今天普遍性科技主义危害;也有社会现代性的引进,以英国社会学家安东尼·吉登斯《现代性的后果》和法国后现代社会学家让·鲍德里亚《消费社会》等为最著名,它们的引进,深刻改变了中国社会学研究的结构,现代社会机制的建立被提上了社会治理的议事日程。

这里说的西部影视文化中反西方现代性的现代性，其实是一种掺杂了审美现代性、文化寻根和社会现代性中某些可利用成分，最终以隐蔽方式诉诸纯粹视觉效果的"被看"画面。删除了审美现代性中的启蒙维度，留下了抽象人性论；删除了文化寻根中的审视视角，留下了自然主义镜头；删除了社会现代性中的必然现代性，留下了现代性后果。这样一来，它所摒弃的部分，正好是西部现实重构自身、辨识自身所需的思想资源，而它所青睐的内容，恰好是重构过程首先值得认真清理的沉重负担。

正是"看客"的消费心理，或文化产业思维推动下的大众文化商业化趋势使然，目前为止，无论"西部电影"，还是"新西部电影"，究其实质，都不同程度在讲述"城乡一体化"或"城镇化"这个同一性故事。尤其对"消灭小农经济""赶农民上楼""集约化生产"或确权下的"土地流转"等情有独钟，至于对城市近郊、公路沿线以外农村社会的观照，则显然束手无策。这进一步表明，至少新型城镇化以来的西部现实生活，西部影像叙事除了借助主流政治经济学和社会学的成果，还没有成熟地适应于西部现实生活，特别是适应于无法城镇化的西部农村世界的文化理念。换句话说，消费之外，西部影视文化并没有贡献出特别的认知价值，相反，倒是通过以上三种方式简化甚至遮蔽了西部的复杂性和丰富性。

这样一个文化盲区，一边预示了现有西部影像叙事的终结，一边启迪了另类西部文化思维的热情眷顾。而这个另类文化思维，就是西部纪录片。在西部纪录片来临之时，真正意义上的西部文化现代性影像叙事，才算正式登陆。当然，西部纪录片也是鱼龙混杂，其中既有更糟糕的商业嗅觉，亦有值得反复研究的价值定位。

重新"西部化"与空洞的"文化搭台"

到了这一层，新近出现的一批西部历史纪录片是重点探讨的对象。

上一节提及的西部民间社会、微信平台自拍或以搞笑形式呈现的西部农村社会现实片段,比如《叶子》《平凉的果农》《村长剪彩》《村长开会》《固原俩队长》等,就其效果而论,其实已经具备纪录片的大多数特征。一是注重记录的完整性。即便只有几分钟或十几分钟的长度,情节的剪辑都力求完整,故事的讲述都力争有头有尾,并且还能在完整呈现生活片段的同时,尽量做到对"片段"背景的隐含性展开,这就接近叙事的自觉了。二是讲究记录的原始性。这些微视频和微电影,能在短时间内有成千上万网民的点击转载,得益于它们对原汁原味西部农村生活的准确捕捉,至少片段中能概括出一位或群体农民一生生活的简洁流程,那么,个体或群体在政治经济话语强行介入、曲折辐射的节点所表现出的惊慌、措手不及,或反应漠然、无动于衷以及消极抵抗、故意捣乱等反应,才具有过程性价值。三是突出叙述的现实性。这些微电影或微视频,一些几乎是对自改革开放以来西部农村社会变迁的梳理,一些是通过改装、戏拟经典电视剧片断,恰到好处地把情节冲突聚焦到今天农村最尖锐矛盾上,形象地撕开了貌似严丝合缝实则漏洞百出的基层政治经济运行系统。四是强调方法的多样性。有空镜头、长镜头和特写,也有跟拍、仰拍和俯拍,当然更有长景和中景等,关键还在于,配有符合情境的背景音乐,除旁白、独白和解说等常见方法之外,因为时间限制,人物对话也十分考究,基本能在精而又精的土语方言中,三言两语道出所有的话语和情境,可谓难度很大,这正是纪录片真实再现对象世界时,拍摄人对历史、现实和未来的主体性追问精神,避免了单纯用来消费或被人猎奇这样一个消极后果。

即便如此,这一类影像叙事的确是非主流的、非正式的和未被授权的西部言说,它们的思想能量、覆盖范围,以及对于改善西部定势思维的可能性,自然十分微小。在"新西部电影"穷尽的地方,以强大气势、整体阵容和庞大体积,取代"新西部电影"叙事的是文人或职业记录人在官方大力支持下制作的西部历史纪录片。当这类电视纪录片成规模推出之时,中国西部的整体形象,恐怕又要开始重新书写和定位了。

在探讨这类西部纪录片之前,有必要对中国当代电视纪录片做一简要回顾,以示区别。

从 1905 年的《定军山》算起,中国纪录片走过了 100 多年的历史。在这些年的探索中,从社会价值层面看,中国纪录片大致可分为四个明显阶段⑤。

1949—1977 年为"一体化"时期,《解放西藏大军行》《抗美援朝》等反映军事斗争胜利片在此时期完成。其一,制作手段极端化,通常是政治标准第一,艺术标准第二,反正是"靠政治吃饭","耍弄技巧"非但有投靠资产阶级之嫌,而且还会烙上走歪路的印记。其二,大型场面选材严重重复,因为主要是报道社会主义建设成就,大型建设和大型活动便被反复征用,"形象化政论片"就成了这一时期纪录片的重要画面。其三,声画分离。比如三年困难时期制作的《工农生活片段》《南泥湾》等,正是凭着声画分离的效果,起到了教化老百姓的作用。当然这一时期也有突出于"政论宣教""政治教科书"的纪录片,《深山养路工》《下课以后》《战乌江》《收租院》,等等,因为对日常生活细节的眷顾,对老百姓现实生存处境的记录而给后来的电视纪录片奠定了基础。

1978—1991 年为"拨乱反正"时期,中国纪录片正走在从"专题片"到纯粹的纪录片的发展道路上。其一,上一阶段反映阶级斗争、国家意识的大型活动、大型场面的"大",转而以大江、大河的"大"来寄托气势磅礴的人文主义情怀,《丝绸之路》《话说长江》《话说运河》《让历史告诉未来》等即如此。"中华民族"取代了"无产阶级""共产主义中国",这是大型题材占据突出位置的一种表现。其二,上一阶段通过"加映片"方式传播的渠道,到了这一阶段,变成了广泛的电视播送,渠道大为扩展。比如这一时期中央电视台先后推出的《祖国各地》《地方台 30 分钟》《兄弟民族》等纪录片栏目。由此可见,

---

⑤ 参考华中科技大学尹幸颖的硕士学位论文:《中国纪录片的社会价值变迁研究》,论文答辩时间为 2013 年 5 月 23 日。当然,在中国纪录片的宏观和微观研究方面,学位论文、学术论文相当丰富,有的是艺术研究,有的是人类学研究,有的是人文精神研究,有的是某一题材类型研究,有的是中西对比研究,可谓五花八门。但无论哪种研究,对中国纪录片的时期划分,基本取得了共识,差不多就是以上四时期。

这一时期政治对纪录片的管控有所松动,也开始注意纪录片的社会整合作用。表现在社会学上,就是鼓励民族士气,传授知识;表现在人类学上,最直接的便是"非人性"话语模式被"人文主义"话语模式所取代;艺术上也变得不断追求进步,同期声的运用、航拍等特殊拍摄手段的运用和解说词对"政治色彩"的有意淡化等成为常态。

1992—2003 年为社会价值"多元化"时期,《望长城》《我想有个家》《德兴坊》《半个世纪的乡恋》《大动迁》《下岗以后》《回到祖先的土地》等是这个时期的重要作品。

说这个时期纪录片"多元化",主要因为这一时期可能什么题材纪录片都有,但不管哪种题材的片子其实都遭遇商业化挤兑,特别是遭遇主流媒体,比如电视连续剧、综艺节目的挤兑,致使一些来自边缘的、个人制作的、具有人文价值的纪录片在市场驱动中很不景气,乃至于基本处于自生自灭的状态。政治管控相对松动了,但市场的裁决尤为残酷。由于资金的问题和收视率的问题,这个刚开头的所谓"多元化"其实在背后进行着无奈淘汰,为后面的再度主流化埋下了伏笔。即便如此,概括起来,这一时期的"多元化"大致表现为这样几个方向。一是在社会变革中将要消逝的民族文化得到了抢救性记录,构成了 20 世纪 80 年代中期以来"文化寻根"思潮的一个微弱余续。比如记录鄂伦春族信仰传统的《最后的山神》、记录彝族象征性仪式的《三节草》,以及再现上海市民生活场景的《德兴坊》等。二是以平民话语纾解社会伤痕,并呼唤人道主义的纪录片普遍出现,一定程度上接过了 20 世纪 80 年代"反思""伤痕"思想的接力棒。再现父女情的《十字街头》、表达同学情谊的《十五岁的初中生》和呈现病友情的《呼唤》等即如此。三是大胆揭示转型期社会问题,某种程度也把镜头往当下现实推进了一步,介入现实社会的力量得到了延续。比如暴露老少边穷地区教育落后、上学难的《龙脊》就很有代表性。

2003 年至今为社会价值"主流化"时期。为什么这一时段被称为"主流化"时期呢?有这么几个标志性事件大概起到了推波助澜的作用。第一是

2003 年 SARS 突然来袭，随之带来的新闻报道的第一个变化便是全面公开化、透明化和跟踪报道；第二是 2003 年 5 月 1 日中央电视台新闻频道成立；第三是 2003 年作为纪录片制作老大哥的新影厂筹资投拍了《梅兰芳》；第四是两年后即 2005 年 12 月 18 日《中国纪录片创作群体宣言》发布，"不媚俗，不趋炎，独立思考，真实记录。用良知与勇气铸造坚强的人格，然后从容不迫地记录这个变革时代的伤痛与忧思、光荣与梦想"的宣言，标志着中国纪录片社会责任的回归。第一和第二有直接因果关系，新闻公开化、透明化诉求与新闻频道对其他类型纪录片播出空间的挤压是正相关关系。而第三和第四也构成因果关系，因为"宣言"来自《梅兰芳》等片的社会效果估计。更为关键的是，《梅兰芳》产生于中国文化体制改革推进期间，电影集团化、广电集团化是电影、电视等行业对市场化的回应。而《梅兰芳》没有像通常那样卖给中央电视台，而是卖给了地方电视台，进一步表明了裹挟其间的中国纪录片跟跟跄跄走在了市场化、社会化的道路上。如此一来，纪录片不得不小心谨慎，也不得不顾左右而言他。靠"新""奇""怪"打天下的路子不但充满风险，而且很容易导致观众审美疲劳，唯一"安全消费"的出路，只能是走入社会，关注社会各个阶层。这就从国家意识和个人意识两方面共同建构了主流价值观，突出表现为以下几类。

首先是大型化和怀旧化，比如《再说长江》《再说运河》《新丝绸之路》《故宫》《颐和园》《圆明园》等大型纪录片的出炉，无不与国家和民族的集体记忆和文化怀旧有关；其次添加小甜点，抚慰受众恐慌心理，顺便迎合市场，消费市场，《舌尖上的中国》就是明证。当大众对食品安全失去信任之时，原来边边角角的犄角旮旯还有绿色食品，这不啻一贴熨帖的心灵膏药，同时也拉动了食品产业链的重新繁荣，文化产业思维下的"中国美食热"，岂不是"伤痛与忧思"的抚慰？又何尝不是"荣光与梦想"的注脚？当然，更为重要的是，国家广电总局的审查监管越加严格了。据研究者的研究表明，自1998 年 3 月国家广电总局成立以来，电影、广电集团要制作什么节目，倡导什么样的社会价值观，总能在广电总局找到相关指导性文件。至于 2010 年广电总局印发的《关于加快纪录片产业发展的若干意见》和 2013 年下发的《关于实行电视纪录片题材公告制度的通知》，几乎从每一取材、每一公示备案步骤，甚至制作的每一细节，都进行了严格规定。在这样的纪录片语境，个人制作和 DV 发行等渠道显然已经相当不受市场支持，它们的不景气也就是必然的了。

总之，行政主管部门对纪录片的干预与牵制，对符合社会主义核心价值观纪录片的物质奖励与精神支持，再加上国家纪录片频道的示范效应和个体纪录片创作群体在技术革新后的逐步退出，主流价值观已经用行政力量和市场导向将上个时期纪录片的多元化价值逐步统一起来了。

那么，在中国纪录片的总体框架下，中国西部纪录片怎样呢？《人类学视野中的西部纪录片》是一篇资料翔实、论述客观的硕士学位论文[6]。作者通过对京派、海派和西部三者的对比得出结论：西部纪录片大多属于人类学研究对象。造成这样一种局面的原因，概括来说，是西部纪录片被动状态下的主动结果。第一，覆盖面上，京派和海派独占鳌头，而西部纪录片则在夹缝中求生存。京派是以央视为代表的强势媒体，海派则是依靠上海文广集团，二者的覆盖面广，手中的创作群体庞大。第二，经济实力上，京派和海派无论前期投资、制作，还是后期的包装、市场推广，都具有绝对优势，而西部地区电视的广告收入比起东部相差甚远。第三，题材选择上，京派和海派都基本关注主流文化，甚至一定意义上它们就是主流文化的代言者和主流文化本身，而西部纪录片题材一般不离西部边缘人群、人烟稀少地区，甚或直接是西部边远地区少数民族人群，话语份额显然很不足。如此，歪打正着，本来雄心在别处的记录，只好借助民俗人类学的有限资金，西部纪录片便成了西部人类学研究的一个延伸而存在。这些纪录片产生于 20 世纪 90 年代初，一直延续到新世纪的今天，几乎横跨西部诸省，包括《藏北人家》《西

---

[6] 参考坚斌的《人类学视野中的西部纪录片》，人类影视学硕士论文（西北师范大学，2011 年）。

藏的诱惑》《我们的冬》《阴阳》《回家》《山里的日子》《苗乡记事》《冬天》《家住沙漠中》《亚新与牧羊人》《回家的路有多长》《沙与海》《苗族》《侗族》《山洞里的村庄》《白马山谷》《船工》《最后的马帮》《深山船家》《回家》《九寨沟四季》《西藏一家》《喜马拉雅天梯》等。当然还包括云南省社会科学院民族学研究所与云南大学成立的亚洲第一个"东亚影视人类学研究所"合作或单独拍摄的影视人类学西部纪录片,影响最大的就有1985年的《澜沧江》、1990年的《来自湄公河的考察报告》、1994年的《红土高原的穆斯林》,一直到新世纪第一个十年期间拍摄的纪录片《云南藏族》《西南铜鼓文化之谜》等,都属于影视人类学纪录片。

前面说过,鉴于论题所限,这里希望重点讨论的西部纪录片,实际上是继"新西部电影"之后"重新西部化"的一种西部历史纪录片,而不是人类学纪录片。它们包括大型电视纪录片《河西走廊》(2015年)、《神秘的西夏》(2015年)和准西部历史纪录片《乌鲁木齐的天空》(2011年)⑦等。

显而易见,这些西部历史纪录片都是城市化或新型城镇化以来的产物,甚至更具体一点说,是国家战略"向西开放""一带一路"政治经济话语在文化上的具体反应。这也就意味着这些西部历史纪录片,首先代表着西部地方政府的声音,并肩负着把各自地理历史文化重新西部化、重新符号化的宣传职能,其次才是纪录片本身的问题。也就是说,刚才提到的这些西部历史纪录片或准纪录片,是2003年以来中国电视纪录片走向"主流化"的一个特殊产物。只不过,在社会价值"主流化"的总体趋势下,西部纪录片在代表西部地方政府的前提下,还负责重塑西部特色化形象,进而为西部

---

⑦ 值得说明的一点是,此类西部电视纪录片还有很多,为了聚焦问题,这里只列"丝绸之路经济带"建设中涉及甘肃、宁夏、新疆、青海等重要省(区)的纪录片。据宁夏社科院重大现实问题研究课题组提供的《决策咨询》显示,宁夏将要被打造成该经济带的重要支点,新疆是核心区,青海是战略通道,甘肃是黄金段(分别见《决策咨询》,2014年第15、16、17、18、19、20期)。

经济社会发展营造西部化文化产业氛围,最终为文化西部化保驾护航。很显然,这类纪录片的首要功能主要在重构西部历史,尤其是重构西部文化历史,而不再发现当下西部现实问题,特别是新型城镇化以来的西部当下文化问题。大体说来,它们具有以下共性。

一是它们普遍离开了现实西部,进入了古典文献学西部。《河西走廊》虽然只有 12 集,但纵向时间非常长,重述的是距今 2100 多年前汉武帝刘彻时期的故事。涉及的地理空间也非常广,囊括了古谓之"河西走廊"的几乎全部地理半径,东起乌鞘岭,西至星星峡,南侧是祁连山,北侧是龙首山、合黎山、马鬃山,通道全长约 1200 公里,宽数公里至百里不等,都悉数进入镜头作业范畴。该片解说词开篇就没有给观众留下多少关于当下、关于今天新型城镇化转型的阵痛体验,而是一下子进入了包裹严密的古典修辞体系,那里充满了"出使"的无限荣光和览胜的颇多诗意。19 岁的皇帝刘彻和 27 岁的张骞,挥斥方遒,激扬文字,站在宫殿外的某个台阶上,表情凝重,目光如炬,仿佛一切都在预料中,他们简直在提前书写一部关于自己的英雄历史。"那是一个风轻云淡的日子,距离汉帝国首都长安西北,120 公里外的甘泉宫里,气氛不同寻常。一个使团即将出征,朝廷侍从官张骞郑重地从汉武帝刘彻手中接过象征授权的符节,他将率领使团踏上出使西域的行程,这一年他们都很年轻,刘彻 19 岁,张骞 27 岁。对于距今 2100 年前的这个帝国来说,西域无疑是个风险重重又令人向往的地方。张骞一定知道,西去的路上,必定充满艰辛和不测,但他无法知道的是,当他转身的那一刻,他的这次出行,就注定被载入史册,而河西走廊,也将从此进入中国人的视野。"接下来,我们知道或不知道的历史人物,比如张骞、霍去病、阔端、八思巴,以及飞天的描绘者、穿越古道的中西商贾等,都成了支撑该片结构的主要内容。他们或为主角,或为跑龙套,但都是《使者》《驿站》《根脉》《造像》《丝路》《敦煌》《会盟》《苍生》《宝藏》的重要骨架。据导演李东坤介绍,《河西走廊》的拍摄之所以放弃了采访专家学者的模式,而启用"全新的最科学合作模式",是因为它的背后实际有两个创作团队。一个是由 20 多位专家学者组成的学术团队,一个是纪录片创作团队。前者最终撰写完成了近50万字的学术底本,这些学术底本是对河西历史包括儒学、经学、文学、玄学、天文学、史学、建筑学、科技学、佛学、乐舞学等在内的154卷文献的抽丝剥茧式压缩。后者的任务是将学术底本整理、编写成电视语言,然后形成拍摄台本,即李东坤所说的创作"自虐期"。让每一个人对河西走廊都有理性的认识,包括摄影师、制片,都被迫看这部有些枯燥的纯学术读物,同时,"为每一集寻找相应时代可以展示的主题故事"⑧。如此看似严丝合缝的制作过程,实质上是文献学逻辑对现实社会的层层包裹。可能书写了河西走廊曾经的历史,但河西走廊曾经的历史也就从此与当下甘肃、当下甘肃群众及其群众文化、日常生活没多少关系了。

10集大型纪录片《神秘的西夏》,也同样如此。通过《失落的国度》《高原的孩子》《崛起之路》《大白高国》《以战求生》《后宫丽影》《文明之光》《普通人的王朝》《铭记》《生生不息》,勾勒了西夏国近200年的历史。虽然有西夏学专家学者的插话、介绍,但整个片子看下来,所谓"神秘"其实就是嗜血般的战争和宫闱之内迷乱的爱恨情仇,即便是古西夏国老百姓的日常生活情景,也几乎没有踪迹,更遑论从古西夏国产生的文明种子,有的只是反复重现西夏文字发明的镜头。单就这一点"神秘"而论,经相关专家鉴定,也多因捕风捉影而游谈无根。

二是它们普遍偏离了新型城镇化本意,进入了神秘化死胡同。对于现今的西部现实而言,一言以蔽之,新型城镇化就是就地城镇化以改善城际、城镇之间因空间半径过大而导致的继续贫富二元化现状,改善因长期的政治城市化、经济城市化所造成的"文化空城"现象,在适当保留小农经济的前提下,切实解决农村社会及农民的现代化问题,切实推进并建立健全现

---

⑧参考徐兆寿等人的《〈河西走廊〉引起强烈反响——大型纪录片〈河西走廊〉学术研讨会在西北师大召开》的发言纪要,见于西北师范大学新闻与传播学院"非常道"微信平台,会议时间为2015年3月20日,微信发布时间为2015年3月22日,未刊学术讨论稿。

代城市文化机制,逐步消除价值失衡、自我迷失、道德伦理文化丧失的社会学问题,而不是使西部重新神秘化,预支本来匮乏的民间民俗和少数民族宗教信仰文化,为单纯的旅游产业保驾护航。但是,当西部各地方政府花血本、斥巨资争相投拍类似《河西走廊》《神秘的西夏》等电视纪录片,为地方文化披上不必要的"西部化"外衣之时,首先能算清楚的一笔账,就是用于实际文化建设的项目经费就要相应地大大削减,直接导致"一带一路"或"向西开放"中出现两张皮现象。一方面倾力引进院士、领军人才,走从"中国制造"转型到"中国创造"的高新技术发展路子;另一方面却不折不扣地让文化走回头路,以至于变成空洞而廉价的文化搭台,经济唱戏的失败之路。文化再度成为经济的工具和附属品,文化真正发挥作用的地方——如何改善乃至于重塑各社会阶层因利益固化而上下流动滞塞的窘境,仍然继续成为问题。更令人担忧之处还在于,像这样的西部历史纪录片已经呈现的那样,当西部文化重新西部化、再度神秘化形成某种主流主导下的集体无意识时,新型城镇化企图要完善和建构的文化城市、文化农村,以及人的现代化,都将被延误。

在四平八稳的宗法文化程式中,在充满诗意的传统文化窠臼里,温水煮青蛙连锁反应迟早会发生,到那时候,本来内在于"一带一路"以及"向西开放"的跳出西部看西部视野,恐怕就很难打开了。

三是它们普遍轻视成熟的现当代文化,进入了传统文化的思维定式。中国传统文化的确博大精深,不能一言以概之。有成体系的儒、释、道大传统,也有奇门遁甲、旁门左道的民间小传统。前者滋养了中国人的安静、隐忍和内倾型人格,后者鼓荡了中国人既顺从又阴谋、既仁爱又乐意充当看客、既呵护小家庭又漠视大家庭的双重甚至多面分裂人格。也许《河西走廊》《神秘的西夏》的制作本意不在一心一意回到过去、回到传统,但作为大型电视纪录片,当它们分别于 CCTV10 科教频道这样的主流媒体播出时,对观众特别是对应的对象世界观众的改造、重塑就开始了。鲁迅先生反复批判的"看客"一下子转而为"主体",可以想见,古典式主体意识、传统宗法型主体意识和王权崇拜乃至政治高于一切的意识,就会应时而起。这个时候,别的不去说,单就盲目自信、故步自封的地方主义和亢奋异常、群情激奋的民粹主义,恐怕会成为完善现代社会机制、建构现当代文化的不小阻力,更遑论培养合格的市民意识和成熟的现代城市文化了。准西部历史纪录片《乌鲁木齐的天空》,虽然讲述的是20世纪70年乌鲁木齐市某小区各族人民由摩擦、碰撞、冲突,最后终于和解、融合、和谐相处的故事,但就题旨而论,当作准纪录片来审视也未尝不可。这种通过预知结果反过来推得前因,或经过故事化处理来搭建理想人际关系的叙事,究其实质,并不是建立在成熟的现代社会和现代文化平台的"弥合",是另一种传统文化,特别是传统文化中具体道德伦理方式方法起作用的思维,仍然远离了现代文化本意。成熟的现代文化必然生成于成熟的现代社会机制,这个意义说,《乌鲁木齐的天空》甚至是遮掩问题,而不是发现问题,与现代文化理念下的"和解",差距太大。

结语

不能不说,这样的一些携带产品,正是此类纪录片轻视现当代文化而误入传统文化的定势思维所致。与影视人类学纪录片相比,这类纪录片的文化功能实在很羸弱。

诚然,在现有西部纪录片中,致力于西部现实探索,倾心于西部人文建设的不是没有,而是被主流媒体忽略了,那就是西部现实纪实片,比如《西藏一年》《喜马拉雅天梯》等。它们所含的文化信息,更接近文化现代性思想,限于篇幅,此话题只好留待另文探讨了。

牛学智,中国文艺评论家协会会员,宁夏文艺评论家协会理事。

媒介·符号·叙事:宁夏文学作品
影视广播剧剧本创作之思

◎王琳琳

　　媒介、符号与叙事理论是立足艺术文本,从共时和历时层面梳理两种艺术媒介和符号的特点,在"大叙事"的视野中整理文学和影视的叙事学方法,为两者共生关系与对比研究提供理论依据。

　　文艺创作需要"守正创新"。影视剧本如何"守正",首要解决的问题不是题材内容的问题,而是"技"艺方面的问题,文学、剧本和影视三种媒介的特色就是"技"的比较。文学和剧本的媒介是语言文字,影视是影像。在艺术活动中,文学作品的创作只需要考量文学话语媒介的应用;剧本与文学作品一样,以文学话语为媒介,但又不等同于文学作品的媒介特色,剧本的独特性在于其必须为电影拍摄的场景、人物动作等因素做叙述准备;影视作品是以摄影机为媒介的多媒介融合形式,是一种需要导演与各种场面调度相协调的集体创作作品。因而,在艺术交往活动中,文学、剧本、电影首先呈现的"技"的问题就是媒介的解码和理解方式问题。那么根据各自媒介特征可知,剧本具有连接作用,剧本是作家和导演之间的桥梁和渠道,剧作家在创作中需要更好地将文学解码成电影的媒介形式,所以导演参与编剧的艺术创作模式较多。但这不意味着文学需要放弃文学媒介的特质去迎合市场。剧本的改编或创作也不能因市场化发展而以失去艺术性为代价,真正做到"守正"之后的创新,需要三种媒介互相借鉴融合并讲好故事。

宁夏文学作品改编影视广播剧剧本创作研究的"守正创新"需要从比较研究理论入手,立足文本叙事,沿着媒介符号的差异性与交叉性特征的线索进入三种不同文本叙事方式的研究。叙事学家杰佛里·温思罗普认为,媒体技术是叙事形式的基础和支柱,存在于不同媒体领域内的叙事模式会随着媒体技术的融合渗透而发生相互之间的影响。

回顾 2020 年度影视作品的叙事特色,市场需要什么样的影视故事,或者怎样讲故事能带动市场,推动影视创作?我想,2020 年度影视作品中不容忽视的因素是"互联网思维"。互联网新媒介时代的图像"数字化",计算机语言语境不同于以往文学艺术语境。年初徐峥的《囧妈》由于疫情而在网络上映,可以说是将中国流媒体平台发展态势推向一个不断攀高的节点。在欢喜传媒和字节跳动的合作中,"双方共建院线频道,共同打造'首映'流媒体平台""双方共同出资制作购买影视内容的新媒体版权"等方式给影视行业增添了更多的变数。可以说,互联网是媒介变革的一个阶段,互联网改变了电影生存方式。中国导演在继第五代、第六代导演之后的新力量导演就是在网络、游戏、新媒体中成长的一代,因而在剧本叙事的要求上就有了那些虚拟的、架空现实和超现实的想象力的倾向。所以,"互联网思维"是一个充满创新并不断颠覆自我,也颠覆他人的行业思维,不仅影响着导演的选择,同时也颠覆着影视观众的选择。

2020 年度影视作品中不容忽略的依旧是"好莱坞类型片"模式及好莱坞 IP 衍生品的高昂利润。梦工厂动画公司的首席执行官卡森博格(Jeffrey Katzenberg)就曾指出,"电影并不是一个增长型的业务",其言下之意也表明只有 IP 衍生品所带来的利润才能支撑优质内容的持续性开发。毕竟当下大片的制作和营销成本已经水涨船高,仅靠票房收入不仅利润回收周期长,而且风险巨大。当然,这也是好莱坞应对不断变化的观众品位的必然回应。因为当下 IP 大片的高市场占有率终归是由观众需求决定的。优质 IP 本身确实能够有效降低电影企业的内容生产风险，并提高投资收益，扩大市场规模。2020 年上映的 IP 电影《花木兰》改编于同名动画片，但影片上映后，因为剧情改编脱离原著，服装和造型太过于土气，吐槽声一片。《姜子牙》备受期待地上映后，热度也一直下滑。两部影片中都有中国故事和神话 IP，但又架空现实，将所有时尚元素融到一起，将玄幻、魔幻都放了进去，最后又讲了一个要做真实正直的人的故事。由此可见，怎样选择优质 IP 和如何讲好故事一样重要，一味迎合市场的需求，容纳太多，没有自己的叙事特色，尽管票房不错，但难出精品。

现在中国市场上已有一些成熟的类型片，但 2020 年度的中国拼盘电影《我和我的家乡》模式不容忽视。这是继《我和我的祖国》之后的又一部拼盘电影。《我和我的家乡》的总监制是张艺谋，宁浩是总导演，主线的镜头是用各种"主播"的图像连接《北京好人》《天上掉下个 UFO》《最后一课》《回乡之路》《神笔马亮》五个故事单元。这一类型电影的特色是由多个短故事拼接而成，描写小人物在现实生活中的喜乐、悲伤，在微阅读、快节奏的今天，这应是一种较易赢得市场的创作样式，也是这几年中国电影界的一种尝试。

2020 年度影视作品中最具叙事特色的影片引发的思考当是影片中时间与空间相交融的叙事特色。传统评论中常说文学是时间的艺术，电影是空间的艺术，但是，媒介交融的艺术特质使这一切发生了巨大的改变。诺兰的《信条》中用了量子物理学时间折叠的方式讲故事。管虎的《金刚川》有着诺兰《敦刻尔克》的影子，用海陆空三条时间线讲述故事，尽管评论者们各执一词，但回到时间元素运用上，《金刚川》以桥为原点讲述了同一空间士兵、对手、高炮班的故事。因而时空交融的讲故事方式不是内容的简单重叠，而是用空间的镜头把故事连接起来的一种创新，这就需要考验编剧和导演讲述故事的能力了。

当然影视创作中还有很多因素需要考量，但叙事是剧本创作的重要因素，然而市场是否能够给剧本创作者更多的时间创作，这是最难以解决的问题。因而，"守正"与"创新"就需要融合，宁夏文学、宁夏影视剧本和宁夏电影需要在多元因素的综合分析中梳理自己的创作特色并有所创新。宁夏文学需要在保证文学与剧本媒介特质的基础上，找到剧本创作的重要IP符号，同时又要创新，要写出适应市场的故事。还需要有影视集团投资、电影集团运营、作家改编、剧本家创作等多元融合，才能促成宁夏文学影视化拍摄或者是宁夏文学IP品牌化发展的共赢局面。

目前来看宁夏影视成果还是很丰硕的。宁夏电影制片厂到宁夏电影集团的成功转型，曾为全国电影机构转型提供参照，成为全国"小厂拍大片"的经典案例，如《画皮I》（2008年）、《画皮II》（2012年）的成功，当然还有很多好的影片，如真人故事改编的支教影片《冯志远》（2007年）、宁夏首部数字电影《塔克拉玛干》（2006年）、《唐布拉之恋》（2006年）、《闽宁镇》（2018年）和电视剧《撑起生命的蓝天》（2003年）、《灵与肉》（2018年）等。宁夏作家的作品改编为电影的成功案例也有很多。如石舒清的《清水里的刀子》由王学博执导为电影，由杨生仓主演，于2016年10月7日在韩国釜山电影节首映。漠月短篇小说《放羊的女人》，2017年3月由北京电影学院青年电影制片厂投拍为《白云之下》，由王瑞执导，吉日木图、塔娜主演。较有影响的还有据石舒清小说改编的《红花绿叶》、根据张学东小说改编的《夜跑侠》等。

所以，我的一点粗浅建议首先是类型电影的拍摄与宁夏文化IP符号勾连，也就是类型片的形成与确立是宁夏文学作品影视剧本能够较快发展的一种路径。好莱坞的类型片模式虽然是现在新力量导演群体所不屑的模式，但其成果和收益却是显著的。同时第五代导演的中国民俗电影《红高粱》《黄土地》的成功就是中国西部类型片的一种样态。其次《画皮I》和《画皮II》的IP符号与纪录片《贺兰山》的IP也能够给我们提供相似的成功案例。再次就是对文艺创作要饱含热情，要有自己创作的坚守，而不是对市场的盲从。宁夏文学的特质就是有一群仍旧乐于静心创作的作家,他们在宁夏这片土地上已经形成了自己的叙事特色,他们讲述着最具历史感和生命力的故事,展现着宁夏移民文化和黄河文化的新风貌。

"守正创新"就是宁夏文学作品影视广播剧剧本创作的指导思想,这需要对文化的传承与创新的坚守。当然这也是各方力量形成的一股合力,需要影视集团及组织给予创作者支持,保证创作者有足够的时间去酝酿并创作出优秀作品,需要创作者熟悉各种艺术的差异,但又在坚守中创造宁夏文学独特的叙事,回归初心,用真心撼动市场。其实电视剧《灵与肉》等很多影片的成功经验就是宁夏影视广播剧剧本创作的方向、希望与动力。

王琳琳,宁夏大学人文学院教授、硕士生导师,宁夏文艺评论家协会理事。

电影《红花绿叶》的改编过程

◎石舒清

2017 年,根据我的短篇小说《清水里的刀子》改编的同名电影在韩国釜山电影节获奖后,刘苗苗导演从北京打电话来表示祝贺,闲聊之间,她流露出想从我的小说里找一个可改编电影的素材。我当然高兴。许多年前我们曾合作过一次,因故夭折,但通过合作,都觉得在艺术的兴趣和理解方面我们有着高度的一致。我先给刘导推荐了我的小说《花开时节》,是写一个农村小女孩和年轻的养蜂人之间懵懵懂懂的情感故事,我一直希望自己能参与拍出一部养蜂人生活的电影来,这种去来无定、逐花而居的生活对我有着一种强烈的吸引力。刘导对这个题材也喜欢,斟酌了一番后还是放弃了,刘导的意思是,这就必须要找一个真的养蜂人来任演员,不好找;如果演员被蜂子蛰上一下,多天不能拍摄,损失太大花期太短,拍不到需要的东西而花期又过,就比较麻烦,像我们这种低成本电影是时时处处要考虑到经费的因素的。不知她从哪里看到过我的一篇小说《表弟》,写的是一件真事,就是我的一个表弟的事。小说发表许多年了,是发在山东的一家刊物上,原刊物找不到了,记得评论家何向阳女士编选过一本小说集,还选入过,但选本也找不到了,后来是在中卫市文联的刊物《沙坡头》上找到了这篇小说(《沙坡头》当时转载过这篇小说)。我和刘导就在她贺兰的家里拿着小说勾勾画画,相对于一部电影,一个短篇小说太单薄了,添加故事、罗织矛盾、制造戏剧冲突(影视创作的关键看点)是刘导的强项。她很快就理出了主要的人物及人物关系,男女主角两个年轻人,各自的人生都有无法弥补的缺陷,各自都有着不可告人的秘密。就是这样的两个人,被命运安排到了一起,要从陌生到熟悉,从两不相关到相扶相伴着把漫长的日子一天天过下去。其间肯定会产生诸多矛盾,会有许多进退取舍,作品核心想表达的是,残缺人生的完满指望,并为了这种完满指望所做的种种努力,由此显现生活的不易和人性的坚韧及美好。主要人物和主要情节有了,作品所要追求和表达的东西也已经明确了,记得我们的人物关系图和主要情节的安排结构等写了密密麻麻好几页,现在这些都不知哪里去了,其实应该留着做资料的,可以用来给下一部作品作参考。

前期准备告一段落,接下来就是写剧本,我多年没有写东西了,心里没底,现在看,写电影剧本就是个摸黑走路的事情,走一步说一步,不能想着写出来能不能拍,这样一想,心里的动力就不足了。说好我写第一稿,刘导写第二稿。我写东西性子急,就在手机上写着,把手指头都写坏了,缠着胶布写,写了大概一个月,第一稿写完了,还不到约定的交稿时间,但我给刘导发过去了。我告诉刘导剧本一稿发她了,那时候大概是晚上十点,到凌晨一点多,刘导打电话来了,表示对第一稿相当满意,我的任务就算完成了,接下来就是刘导的了。

导演太忙,要搭班子,要到下面看景,要找钱,消费的时候要看同样的东西哪里更便宜。记得刘导在西吉看景时,每每有了新的念头,就让我根据这个念头再写上一段,因为她的提议总是合理的、必要的,我写起来也并无多少困难。拍电影是极其累人的事,一个环节顶不住就会前功尽弃。刘导对导演的定义是,先是工人,其次才是艺术家。

现在回头想想《表弟》之所以被选来改编电影,主要是因为人物有特点,体现人性的美和力量,故事有感染力,有超越一时一域的价值判断和追求,另外就制作方面而言,花大钱的地方少,不请名演员,调教素人来演这部作品(16位素人演员片酬11万)。其中每一个因素都是要紧的,都需要细细考量评估。从小说《表弟》到电影,名字也改成了《红花绿叶》。《红花绿叶》是我另外一篇小说的名字,改作这个名字,按刘导的意思说,视觉感更强一些,另外一个好的名字也会给创作者带来好的暗示,有助于创作。刘导那样有魄力的人,借我这个小说名字时竟显得有些不好意思。现在回头看,这个电影叫《红花绿叶》确实是量身定做,叫《表弟》或许就不会有这样的结果了。

就像刘苗苗导演在获得第32届金鸡奖最佳中小成本电影奖时说的,电影是工业,需要硬成本;是科学、是技术(综合),没有足够的钱确实影响质量;需要创作者的精神和情怀。

石舒清,中国作家协会会员,宁夏作家协会名誉主席。

谈电影《绿皮小火车》的创作

◎季栋梁

　　坐着绿皮小火车进入石炭井，感觉是很不同的。火车贴着伟岸的贺兰山缓缓行驶，你能感受到一种慢时光的熨帖，毕竟这是一个崇尚速度的时代，火车晚点、飞机延误都要遭人们的抱怨甚至发火的。而在如今，这样的绿皮小火车已经很稀罕了，它已经是旅游资源，成为旅游专列了。走进石炭井，远离了都市的繁盛与喧嚣，山空野旷，万籁俱寂，轻风如缕，阳光如注，给人一种天荒地老的感觉。沟壑崖壁，犬牙差互，褐色岩石上蹲着一只老鹰向我们行注目礼，就像是远古的雕塑。或许是我们打扰着它了，或许是它要向我们表达自己，双翅一展腾空，盘旋于湛蓝的苍穹之上，望着它的这片领空，这种情景与我看过拍摄于开发之初的一张照片如出一辙。它是以这种方式告诉我时间的流逝或永恒。

　　岁月会抹去太多的记忆，比如这绿皮小火车，比如这银汝线，走在这片土地上，曾经存在过的景物、人事、岁月，都已经在岁月中漫漶得斑斑驳驳。没有两个说得一样的人，就如同曾经拥有十几万人如今只剩下一百多人的离弃，让你不能不感叹"不离不弃"只不过是被好多好多的人一而再再而三地运用，却空洞得毫无实际意义的一个词罢了。

　　对于石炭井这片土地，第一次踏上也是不惑之年前后的事，然而，很小的时候就有概念了。对于生活在西海固那片土地上的人们来说，能够进入石炭井当上工人，便是吃上了皇粮，实现了"月月有个麦子黄"的伟大梦想，就彻底改变了靠天吃饭的命运，不再重复"猫儿吃浆子——总在嘴上抓挖哩"的生活境况。

我读了不少记录这片土地变迁和回忆的文章，看了不少五六十年代这片土地初开发时的照片，怎一个蛮荒了得。真正触动我的是那个时代石炭井人的单纯。1958年，宁夏回族自治区成立，与此同时，石炭井，一个荒无人烟之地进入国家战略视野，国家投资在蕴藏着以太西煤为代表的丰富煤炭资源的贺兰山腹地建设石炭井矿区，为酒泉钢铁集团等国家重点企业提供焦煤，继而成为国家战略布局三线建设的重要能源基地，也为宁夏工业经济以及周边省份工业发展提供重要能源支撑。

当时的石炭井，没有公路，更无铁路；没有电，也没有水，更没有房舍，来自五湖四海的建设者，只能在山坡上挖"地窝子"用于办公和居住。石炭井本叫石炭沟，所有的沟都是风口，一场大风后，"地窝子"就让沙埋了，需要外面的人往出掏，而且行人走路不小心就掉到了别人的"地窝子"中。一碗饭端在手里还没扒进口，风先掺一把沙子进去；喝口水，得等着沙澄清再喝……打井掘煤还处于原始状态，主要依靠钢钎、洋镐、铁锨等工具，煤要靠人从井里往上背。石炭井矿区是一个高瓦斯矿区，由于当时煤炭开采水平很低，生产中安全事故经常发生，当初每开采百万吨煤，往往要付出十几条生命的代价……

然而，建设者们并没有离去，而是投身于建设中，一干几十年。他们来到这片土地，就是因为一声号召，便背井离乡地来了。采访中，有几个人竟然都不知道来具体做什么，给什么样的待遇，只知道这里需要建设，就背着铺盖卷来了，更别说先谈这条件那条件的。那时候的人何等单纯！或许有许多的词可以形容他们的执着品质与奉献精神，但最基本的是他们的单纯。

2019年，曾任自治区文联副主席的苏保伟，履职石嘴市委常委、宣传部长后,提出了打造《绿皮小火车》这样一部电影的构想,其后我们多次交流创意,多次深入石炭井采访感受。我直接进入了剧本创作,然而写着写着,勾起写小说的欲望——毕竟一直写小说,于是在剧本的基础上又写出了中篇小说,在《光明日报》发表了缩略版。后来,又觉得还不过瘾,因为石炭井是国家三线建设的重要基地,有着丰厚的故事,于是又将中篇小说扩展为长篇小说。

季栋梁,中国作家协会会员,宁夏作家协会副主席。

白云下面羊儿跑

——与电影《白云之下》相关的故事

◎漠　月

电影《白云之下》公映和获奖这些日子里,朋友们多有褒议,也表示了对短篇小说《放羊的女人》的某种兴趣。感动之余,我也尽量避之:电影与己几无关系。我说了真话。因为从小说到剧本到电影,三度创作,历时将近二十年,时间确实够长的了。如果认为小说是源头,电影距离源头也已经很远了,以与文学作品完全不同的另一种艺术样式呈现在观众面前。编剧陈枰坦言,电影沿用小说的基本框架,围绕主人公和主要故事线重新构思,补充了不少情节,内容更加丰富,画面更加唯美。可见,一部电影的真正完成,绝非易事,包含多种因素,存在多种可能性以及不确定性。

《放羊的女人》是一篇短篇小说,9000余字,发表在《青年文学》2001年第7期,《小说月报》等三家选刊同时转载;入选由老舍文艺基金会和北京文学杂志社举办的中国当代文学最新作品2001年度(下半年)排行榜,窃居短篇小说第一名。时隔多年,终于被改编拍摄成电影《白云之下》,获得多个奖项。闻此消息,我有一点小惊喜,也有一点小遗憾,自豪却是谈不上的。我早就说过,我可以什么都没有,就是不能没有自知之明。有人认为这是矫情,嗤之以鼻。作家陈继明曾经替我辩解:漠月的谦虚是真的谦虚。令我动容动情,心存感激。新世纪之初,青年作家陈继明和石舒清已经很有影响力了,他们像一只鸟的两只翅膀,托举宁夏文学飞翔和攀升;后来有金瓯加入其中,两个 60 后哥哥和一个 70 后弟弟并排站立,成了宁夏文学"三棵树",传为文坛佳话。

坦率地说,《放羊的女人》是我在鲁迅文学院作家班进修时的一篇作业。

从 2000 年下半年开始,在《朔方》主编冯剑华倡导下,编辑人员轮流到鲁迅文学院(以下简称鲁院)进修,以期提高创作水平和编辑能力。我调入编辑部时间不长,主编首先派我到鲁院去进修。为期三个月的学习,其间我没有回过家,每周末和妻女通一次电话。因为机会难得,尤其是名家授课,我想多学些东西,给自己定了一个目标:认真听课,努力读书,暂时放弃创作。有恶补的意思在里面。所以,在这届学员当中,我的听课笔记应该是做得最认真最全面的。诗人谷禾是上一届学员,借住鲁院一隅。有一次和谷禾聊天,他看了我的笔记,惊讶之余,大加赞赏。谷禾是石舒清的鲁院同学,读书很多,颇有心得。我与谷禾的相识和交往,得益于石舒清的引荐,受益匪浅。三个月的时间其实很短,许多学员却不怎么认真听课,"工夫在诗外",请客吃饭喝茶,跑刊物找编辑拉关系,不亦乐乎。他们的目的性很强,就是为了方便自己发表作品。时间久了,便有一些负面的传闻,影响我们这个班的声誉。有些同学对我的无动于衷不理解,认为我自高自大,甚至自不量力。我也懒得多作解释,一笑了之。作为结业的作业,同时作为学习成果的集中展示,班长负责联系出版社,几个有钱的同学集资,决定出版一部学员作品集,书名是我给起的,叫《行走的风景》,意思是学员们来自五湖四海,作品风格各异。征集作品时,我却打了退堂鼓,表示不参与,理由是手头没有作品,现写已经来不及了。因此,这部作品集出版后,唯独没有我的作品和名字。有的同学就讥讽我,转告到班主任那里,说漠月是这个班唯一不交作业的学员。班主任王歌老师很重视,约我谈话。我如实相告,表明自己的想法和态度,才勉强过关。否则,我有可能拿不到结业证书,回来后无法向冯剑华主编和编辑部交代。

福祸所倚。上述这件事情终于引起我的警觉，促使我思考。我在认真地检视自己的同时，似乎听见内心深处发出一个声音，是该写一篇小说了，若非如此，还真的不好交代。于是，从即将结业的前几天开始，我白天听课，晚间写作，自我施压，快马加鞭。与我同住一室的河南作者马德颛十分好酒，又是个故事篓子，一口地地道道的长葛方言，伴之以中原大地的奇闻异趣，我半懂不懂，却兴味盎然，每每捧腹。马德颛见我突然变得很执着，竟然蒙头写起小说来，不怎么搭理他了，便不好意思再纠缠我喝酒聊天，到别的宿舍叨扰去了。几天之后，结业在即，《放羊的女人》也完稿了，用方格稿纸工工整整地誊抄一遍，看上去像模像样。白纸黑字，仿佛尘埃落定。那时候手提电脑和手机远没有普及，像我这样的穷作者是买不起的；借用同学的电脑，让对方为难也不合适，毕竟是人家的心爱之物，很稀罕的，如果被对方拒绝了，岂不是有伤自尊？北京的文学期刊很多，大刊很多，名声在外，备受作者青睐。许多作者以在北京的刊物上发表作品为荣，仿佛鸟儿翅膀硬了攀高枝，有一种莫名的自豪感。此前，我只在北京一家倡导尊重自然、保护环境的刊物《绿叶》上发表过短篇小说，纯属自然投稿，投石问路，用的是真名实姓，责编是高桦，同时也是该刊副主编，后来我才知道她是著名编辑家章仲锷先生的夫人。意想不到的是，这期刊物名家云集，小说栏里从前到后有张抗抗、铁凝、袁和平、余华等，我被排在最后，作品的字体也小了一号，表明我的小说还有欠缺，不尽如人意。尽管如此，作为业余作者的我，深受鼓舞和鞭策。

《放羊的女人》开篇是这样的：

> 入秋的时候，丈夫回家。
> 丈夫赶着一群羊。一群走路打摆子的乏羊，大大小小的有三百只吧。
> 她去井上挑水，一群羊就走进眼窝里了。一只只羊又都是垂头

丧气的样子,把她吓了一跳。她心想,是从北边过来的羊贩子吧?没想到羊群后面的那个男人,就是自己的丈夫。直到丈夫在秋风中一摇一摆地走近,她才惊叫一声,手里的帆布兜子扑通一声,掉进了井里。一群羊被突然激起的水声唤醒,百米冲刺似的向井上扑来。羊瘦得让她心惊肉跳,在井槽边挤成一堆骨头,干巴巴地磕出了响声。

　　确乎如此,故事从一群乏羊的出现开始,循序渐进地往下延伸。主人公甚至连具体的姓名都没有,只是他和她——丈夫和妻子,一对平平淡淡的牧羊人。一片半荒漠化草原,一口井,一座土屋,一个柴垛,他们的日子同样过得平平淡淡,没有大起大落。这是内蒙古西部牧人们的基本生存环境和状况,其中既有蒙古族牧人,也有汉族牧人。当然,夫妻之间的矛盾和冲突还是有的,主要集中在"去"与"留"的问题上。丈夫驾驶着卡车在城镇和草原之间奔跑,时间长了,见多识广,难免心猿意马,向往城镇灯红酒绿的喧嚣生活,不愿再回到牧区放羊,过那种单调寂寞的日子;妻子受传统观念影响很深,因循守旧,喜欢安静,甘于寂寞。丈夫卖掉旧车,买了一群乏羊让妻子放牧。整整一个秋天,妻子早出晚归,一群乏羊被喂得膘肥体壮,后来她发现自己也终于怀孕了,喜极而泣;丈夫却趁妻子回娘家讨酸菜的时候,赶着羊群离家而去,用一群肥羊换了一辆崭新的卡车……从表面上看,这是一个简单的羊群和汽车互换的故事。

　　结尾是这样的:

　　　　她的娃正在一步一步抵达生命之门,期待着喷薄而出的那一刻。
　　　　她提个很小的水桶,走在通往水井的小路上。她得把屋里那口大黑缸蓄满水。她的身子已经显重了,走得很艰难,不长的一截路要走很长时间,走几步歇一阵,歇一阵再走几步。脚下这条走了无数遍的小路,似乎比任何时候都要漫长。她直一直腰,笑一笑,朝着

镇上的方向,说:

"你永远猴在车上。你别回来。"

《放羊的女人》写出来后,到底投给哪家刊物,却让我犹豫不决。投给《绿叶》,题材不合适;《人民文学》《十月》《北京文学》这样的刊物,门槛太高,不敢冒昧;在《朔方》发表更不行,自己就是该刊编辑,有近水楼台之嫌;再者,我也想换一家刊物试一试,最好是北京的。我是个木讷的人,极不擅长与别人打交道。在鲁院期间,我没有去过任何一家文学期刊的编辑部,不认识其中的任何一个编辑。尽管我自己也是编辑,每天要面对大量来稿,以及登门来访的作者。这样一琢磨,就感觉有些滑稽,真是哭笑不得。所谓"瘦尽灯花又一宵",写作时,我每夜熬到凌晨一两点,第二天就两眼通红,精神恍惚。至于作品去向哪里,结局怎么样,未来的命运如何,我心里没数,又不愿放弃。不过,"眉头一皱,计上心来",我顺理成章地想到了谷禾,心情忐忑地把稿子拿给他看,既有请教的意思,也有让他推荐的想法。我相信,诗人的眼光更独到,也更挑剔。谷禾很认真地看了,提了几条修改意见,然后推荐给《青年文学》编辑赵兰振。《青年文学》同样炙手可热,位居中国文学期刊"四大小旦"之首,以发现和扶持青年作家为己任,尤其因为推出一批先锋派作家而名噪文坛,成就卓然,影响深远。赵兰振随即去了十月杂志社,走之前将稿子编好吩咐给接替他的编辑赵大河。《放羊的女人》就这样发表了,历时半年,一路绿灯,中间没有什么波折,原汁原味地变成铅字,透着一股浓郁的墨香。《青年文学》还在这期封二刊出我的照片,这也是我的照片第一次上刊物。不忘初衷,牢记情谊。二十年过去了,我和他们仍然保持着作者和编辑之间的友好往来,而且随着时间的推移,历久弥新,偶尔见面,畅所欲言,谈笑风生,谈文学,也谈人生。

我说过,就写作而言,我是慢手中的慢手,至今发表作品只有百万余字,出书更少。《放羊的女人》是我迄今为止写得最快的一篇小说,几乎一气呵成。它像一条缓缓流淌的小河,溅起浪花几朵。从小说《放羊的女人》,到剧本《奔走的天堂》,到电影《白云之下》……

　　漠月,中国作家协会会员,宁夏作家协会副主席,《朔方》原主编。

从小说《裸夜》到电影《夜跑侠》

◎张学东

　　2020 年 10 月，由陕西翅膀硬了影视制作公司、宁夏明道影视文化公司、西安开心麻花影业公司、西安为邻影视文化传播公司等多家单位联合制作的电影《夜跑侠》在古城西安拍摄完成，目前该片进入后期剪辑和制作阶段。影片改编自中篇小说《裸夜》，该作品公开发表于 2014 年，曾被《小说选刊》《作品与争鸣》等文学名刊相继选载，入选年度优秀中篇小说精选本。同名小说集《裸夜》2015 年由宁夏人民教育社出版，《文艺报·聚焦新作》重点推介，在国内文学界广受好评。

　　《裸夜》讲述了媒体青年记者沈越费尽心机寻找新闻线索，以博取读者眼球，获得晋升机会。与此同时，因多年城市生活压力重荷，一直在深夜无人时分裸奔宣泄的中年男子，被沈越偶然间发现。沈越在部门领导怂恿下开始对裸奔者拍摄报道，随着跟踪采访的深入，裸奔者渐渐成为沈越愿意去关心和深入了解的一位朋友。这一过程中主人公沈越也尝遍人间冷暖：房东催租、主任威逼、误遭拘留、与心爱的女友分手等。原著文本中多次出现卡夫卡的《变形记》片段，暗示了人生荒诞境遇的相似性，最终主人公的现实压力瞬间爆发——他成为午夜街头的裸跑者。这是压抑无助青年的一次决绝抗争，也是作家对网络时代眼球经济的理性质疑和深刻反思。我长期坚持关注现实、思考现实,以现实主义小说揭示人物在现实中的苦闷与彷徨、坚守与执着,正如文学评论界所言:"张学东的温情脉脉,如同他毫不留情的批判;他的悲天悯人,如同他的苛刻自审。"作为小说作者、电影《夜跑侠》的联合编剧,这认为这是一部充满了现实感和荒诞意味的都市影片。它跟此前宁夏作家小说被改编成乡土类型电影截然不同,故事就发生在当下的城市,青年人坚持打拼的艰辛、奋斗者的心路历程、裸奔者的现实困境都是该片的看点。

从小说故事到电影剧本,主创者投入了大量的时间和精力,为了创作和完善剧本,导演亲自驱车往返于银川、西安两地与作家沟通交流;为了在影像中展现主人公的现实压力与追求自由的梦想,主创人员不辞辛苦在西安郊区寻找工地、动用大型挖掘设备制造拍摄场景。导演牛浩(牛小宝)曾师从周传基学习电影创作,2011 年参加崔永元发起的导演比赛,他的短片《放炮》入选全国前十,参与执导的由著名演员孙海英主演的故事片《一个人的课堂》获第 49 届休斯敦国际电影节最佳外语片奖。我认为,该片导演从事影视创作多年,具有良好的职业素质,同时对《裸夜》这部小说可谓酷爱有加,一部好小说对于优秀导演而言就像一把梯子,必将使对方借此登上高处,从而发现远方更为广阔迷人的风景。

张学东,中国作家协会会员,宁夏政协委员,宁夏作家协会副主席。

打造宁夏优质文学 IP 品牌具体方向的思考

◎黄河谣

近几年来，随着网络文学改编的影视作品逐渐进入大众视野，《琅琊榜》《花千骨》《微微一笑很倾城》等一大批优秀作品不断涌现，借助互联网的浪潮，在文学界和影视界出现了一个流行词："文学 IP"。 IP 原本是英文"Intellectual Property"的缩写，直译为"知识产权"。文学 IP 包含传统文学和网络文学两种。文学 IP 的实质就是以文字内容为基础，拥有一定价值基础并且有能力超越媒体平台进行多种形式开发的优质内容版权，其中开发形式包含影视、游戏、动漫、周边衍生品等。随着 IP 产业不断发展，在市场化的运作过程中又衍生出了许多新的含义。

优质文学 IP 内容需要具备四项潜质。一是内容积累。市场上比较火爆的文学 IP，都会有系列作品，这样的例子不胜枚举，既符合市场的需求，也符合人民对优质作品的连续需求。二是内容产业链能够延伸，影视游戏等多产业联动。看过《琅琊榜 1》和《琅琊榜 2》的观众很多，但是绝大部分人都没有听说过《琅琊榜》桌游手游、《琅琊榜》漫画，它们在特定的人群里，也非常火爆，这就是典型的产业链延伸。三是内容平台寻求全版权运营，实现全产业链的高效联动。以阅文集团全版权运营的顶级 IP《斗破苍穹》为例，2012 年，《斗破苍穹》被改编为漫画，线上人气已突破百亿，实体单行本销量破千万册。联合腾讯视频出品的《斗破苍穹》动画首日总播放量破亿,创国产 3D 动画新标杆。全版权运营在产品规划布局、市场开发运作、资金筹措等方面,都具有独到优势。四是对同一世界观的多个内容 IP 进行深度挖掘。国内目前这一方面相对薄弱,日本的动漫、美国好莱坞的电影在这一块上的成绩尤为突出。

优质文学 IP 内容作为影视行业的刚需和核心,一直都备受重视。纵观近几年已播作品的讨论度和播出效果,可以明显察觉:文学 IP 改编剧十分抢眼,处处开花,必然向泛娱乐市场转化,只有这样才能大放光彩。泛娱乐市场每一个细分领域都为 IP 开发变现提供着机遇,同时 IP 的长链开发也为行业之间的融合发展提供着内容支撑,推动着 IP 开发的整体深入发展。优质文学 IP 故事属性丰富,改编电视剧、动漫风生水起,收获高播放量的同时也收获好口碑。2019 年,IP 改编剧表现十分亮眼,数据显示台网联动剧排名前十中占九部,2020 年占八部。可以预见,未来整个 IP 产业将会朝着更深层次方向发展,产业更加精细化和专业化,文学 IP 将联手众多产业,开发方式更加多元。

宁夏文学在全国占有一席之地,但宁夏的文学 IP 对全国来说可有可无,宁夏文学 IP 市场化道路任重道远。宁夏文学最显著的特点是家国情怀、传统文化与生命倾诉,充满传统美德与力量。苦难意识是宁夏当代文学一个普遍性主题,在市场化背景下,对于当代的文学 IP 现象没有太多的"同频共振",势必会被淡化、边缘化。一个好的文学 IP,转化成一个成功的影视作品,需要经过很多环节,包括改编、拍摄、后期等,也需要专业团队的运作。过于个人化、情绪化、艺术化的文学 IP 都不太好改编为影视剧。宁夏文学 IP 没法发展起来的根本原因:一是政府导向滞后,二是缺乏专业人才,三是资本市场薄弱,四是缺乏相关的扶持和专业团队运作。由于以上原因,宁夏文学 IP 开发逐渐和发达地区拉开了差距。

文学 IP 是一个源头,其价值在于"从 0 到 1,从 1 到 N"的系列化开发和商业价值的实现。发现发展推广宁夏文学 IP,还有很多路要走,必须打破固有模式,提倡文学 IP 研究工作,推广宁夏文学发展道路现有成果以及网络文学成果,大力推广在全国具有代表性的优质文学 IP,邀请专家学者为宁夏文学 IP 建言献策,激励宁夏优秀文艺工作者自觉融入宁夏文学 IP 发展道路,宁夏文学 IP 发展,必将灿烂。

黄河谣,原名杨军,灵武市委党校教员,宁夏作家协会理事,宁夏网络文学委员会副主任,阿里文学、网易文学签约作家。

从"出卖苍凉"到"讲述宁夏故事"

——宁夏文学的影视改编

◎张富宝

一、后工业时代的"影视工业"与文学的影视改编

毫无疑问,今天我们处在一个急速发展的后工业时代与消费社会。一方面,"影视工业"与"艺术生产"的发展,都达到了空前繁荣的地步,变得越来越复杂和成熟,一部电影动辄数十亿的票房,具有不可比拟的市场前景、经济效益和社会效益;另一方面,我们已经从传统的"生产型社会"转向了现代的"消费型社会","消费原则"成了社会的组织原则,正如社会学家鲍德里亚所说,在消费社会"一切都由消费逻辑决定着,这不仅在于一切功能、一切需求都被具体化、被操纵为利益的话语,而且在于一个更为深刻的方面,即一切都被戏剧化了,也就是说,展现、挑动、被编排为形象、符号和可消费的类型"(《消费社会》,南京大学出版社,2000 年版,第 224 页)。这意味着,人类作为一种"欲望机器",具有超强的消费能力,更加需要源源不断的消费品,这个吞吐量大得惊人。

正是在这样的情形之下,文学的影视改编作为艺术生产与文化产业的重要组成部分,更是不可或缺的,而优秀文学的影视改编已经成为"消费文化"的必然产物与必然命运。但就目前来说,文学的影视改编依然是供不应求。一方面,从艺术生产的角度来看,越是批量生产,越是过度消耗,就越是缺乏优秀的作品与具有原创力的作品，甚至会出现大面积题材固化与板结的现象，出现大量模式化、雷同化、符号化的作品；另一方面，从文化消费的角度来看，在当代社会中不断成长的观众具有越来越多的自主选择意识与批判意识，对影视作品质量的要求越来越高，也越来越挑剔。换句话说，今天所谓的"超级观众"或"有教养的观众"越来越多，他们需要更多的改编作品与改编资源。

文学作品为影视剧的改编提供了丰厚的资源，这些改编也是克服上述困难的有效方式之一。有一个不容忽视的事实是，大多数优秀的影视作品，都源自文学改编，因为文学底本保证了它们的质量与品格。一般来说，根据文学作品改编的影视作品，人物更加鲜活，故事更加丰满，内蕴更加丰富，艺术逻辑更加富有张力。这无疑是文学对影视的滋养与呵护。当我们进入一个以影视为中心的时代之后，虽然文学的中心地位遭遇到了巨大的挑战，但"我们对人的本性和内心的知识，大多还是来自诗人之镜"（乔治·斯坦纳语），依然与文学息息相关。因此，从某种意义上来说，文学作品的影视改编面临着前所未有的机遇与挑战。

二、从"出卖苍凉"到"讲述宁夏故事"

宁夏文学的影视改编，有着非常好的传统，自张贤亮开始，就开启了成功的范例，形成了一道独特而难以超越的文化景观。众所周知，作为一个有着重要文学史地位和广泛影响力的作家，张贤亮的大部分文学作品都被搬上了屏幕。从1982年的电影《牧马人》开始，张贤亮先后有9部小说被改编成影视剧，分别是《牧马人》《黑炮事件》《肖尔布拉克》《龙种》《临街的窗》《我们是世界》《男人的风格》《老人与狗》《河的子孙》等，这些作品风格迥异，都让人印象深刻。2018年的电视剧《灵与肉》，可以说是一部对张贤亮作品影视改编的集大成之作。小说《灵与肉》虽然不足2万字，却变成了有近70万字脚本的40集电视连续剧，不仅融入了张贤亮富有传奇色彩的一生经历,而且展现了宁夏 60 年的辉煌发展;不仅很好地把握住了原作的精神脉搏与思想内蕴,而且创造性地融入诸多元素,更加充分地展示出宁夏社会历史的发展纵深与宁夏独特的文化、地理风貌。

不可否认,张贤亮是凭着"出卖荒凉"让宁夏文学产生了世界级的影响,"西部影视城"作为他最重要的作品,也成了中国电影的重镇。而如今,我们已无须出卖荒凉,在宁夏的大地上发生了翻天覆地的变化,到处都是"金山银山",我们有太多可歌可泣的"宁夏故事"。进一步而言,从"出卖荒凉"到"讲述宁夏故事",不仅仅意味着一种话语方式与艺术形态的变迁,更意味着一种根本性的社会变迁,一种史诗性的时代变迁,这里面有太多可以做的文章。但很遗憾,迄今为止,我们在这方面还是比较滞后,还缺乏主动性和自觉性。

令人欣慰的是,近些年来,宁夏作家"触电"的越来越多,发展势头越来越好,这也充分说明"宁夏故事"具有很大的吸引力,再次印证了宁夏文学优良的品牌效应。比如电影《清水里的刀子》(根据石舒清小说《清水里的刀子》改编),电影《红花绿叶》(根据石舒清小说《表弟》改编),电影《白云之下》(根据漠月小说《放羊的女人》改编)等作品,从拍摄到上映,最后到获奖,虽然都是小众的,基本走的是文艺片的路线,但都引发了较为强烈的关注。近期,根据青年作家张学东中篇小说《裸夜》改编的电影《夜跑侠》也基本拍摄完成,非常值得期待。另外,张学东的长篇小说《尾》和《家犬往事》也引发了比较多的关注,都已经进入拍摄流程或达成拍摄意向。这再次表明,宁夏文学的影视改编是一个富矿,值得深度开掘,它有着广阔的发展前景。

以电影《红花绿叶》为例。这部电影根据石舒清的短篇小说《表弟》改编,但电影的名字却来自石舒清的另外一篇小说《红花绿叶》,它堪称从"出卖苍凉"到"讲述宁夏故事"的典范之作。我特别喜欢《红花绿叶》这个名字,除了充满诗意的丰盈和视觉上的饱满之外,有一种难言的欢喜和自在,它是一种积极健康的生命状态,也是一种圆满和谐的生活理想。红花和绿叶,不可分割，不可孤立，它们相互依赖，相互成就。在具体而微的日常人伦之中，每个人都可能是红花，但需要更多的绿叶烘托；每个人也都可能是绿叶，需要时时守护和陪伴着红花。其实，红花即是绿叶，绿叶即是红花，你中有我，我中有你，这才是生活最大的真谛。

这部电影隐忍、干净、流畅，没有过多的叙事意图，没有过度的情绪宣泄，没有密集的隐喻符号，它就像一段截流的生活，就那么静静而欢喜地流淌。在观影过程中，作为西海固的一员，在远离故土的都市一角，一看到那些熟悉的风物与人情，瞬间就会触及内心最柔软、最痛楚的地方。那时候，我们都像是脱去面具和伪装的孩子，投入了久违的母亲的怀抱。感同身受，这种强烈的代入感可能会在某种意义上影响我的真实判断，但没有办法，谁也无法祛除自己的故土的胎印。

看到"文学宁夏"丛书中石舒清的一本小说集《眼欢喜》，才突然发觉"欢喜"这个词在石舒清的小说中具有非常重要的意义，"欢喜"是浮世的面相，但也是浮世的本质，也许所有美丽的天堂都难以抵挡人间缭绕的烟火。石舒清自己也坦承："即使从小说变成了电影，作为小说作者，我还是从新的艺术形式里嗅到了自己熟悉的气息和向往的气质，还有对人的深度体贴及关怀，默契如此，自是欣悦。"我们且一起"欣悦"着。我常常觉得，当下中国的很多电影之所以失之于浅薄与粗疏，很大程度上与此有关，它们普遍缺乏文学的滋养与思想气质，沦陷于过度改编与游戏碎片之中。

但为数众多的评论者似乎都没有注意到这一点，人们更多凝视了不幸与苦难。在我看来，《红花绿叶》中其实表达的正是爱情的欢喜，但它不是那种轰轰烈烈的爱，不是那种急促和物质的爱，不是那种时尚和华丽的爱，而是文火慢炖的爱，是慢慢打开和生长的爱，是带着隐秘和缺憾的爱，是在伦理秩序坍塌的乡村而依然朴素坚韧、清新稀缺的爱。

电影的文学改编，只有与原作放在一起细读的时候，才能发现更多的问题。我一直觉得，不同文本的缝隙与错位之处，是更具有生长力与魅惑力的地方。

我喜欢刘苗苗导演"不隔"的处理方式，克制、从容，但不冷漠、压抑，也不绝望和悲伤，她是以一种钻入泥土内部的方式，在自然呈现生活本身。这或许与导演本人的成长背景有关，与她的西海固经历有关，与她的美学趣味与文化情怀有关。除了这些，电影选取的"素人"演员，带有纪实性的取景，还有一些细节的打磨，地道的西海固方言，恰到好处的旁白，等等，都增添了作品的生活味和熟悉感。比如见面相亲买衣服的情景，古柏在第一次见面时就情愿给阿西燕买一千八一件的衣服；比如古柏挖地窖存土豆的细节；比如阿西燕手擀长面待客的场面；比如阿西燕怀孕后嘴馋想吃生瓜子的情节……

需要特别注意的是，电影从头至尾都在使用西海固的方言土语，仿佛不这样就难以确切地再现这片神奇的土地，就难以真实地讲好这个地方性的爱情故事。在某种意义上来说，这些语言是还"未被伤害的语言"，依然保持着一定的纯粹度，在它们背后，深藏着相对完整和传统的西北文化风貌与精神生态，这正是魂系所在。我以前在一篇文章中曾经谈道："细思当前中国甚嚣尘上的网络语言、商业语言与新闻语言，恐怕早已跌入媚俗的深渊。正是在这种媚俗与冷漠当中，今日的语言已经是伤痕累累，充满了矫情的、虚假的、夸饰的、暴力的、污浊的色彩。"（《重塑批评的力量与自立的威望》，《朔方》，2017 年第 11 期）是的，在一个语言饱受"伤害"的时代，西海固方言已不仅仅是一种语言形态，而更是一种文化仪式与伦理传承，那些我们心心念念的道义、真诚、良善等，就存续在其中。"古言说：世下个啥，就是个啥。我心里服气着呢。我的想法是：尽量把自个活灵干些，尽量不要活成个累赘。我常常劝自个说：古柏，你要记牢，想得越少，活得越好。"这段话似乎说出了西海固人的"天命"和"生存之道"，其中有对命运的自觉承受（知天安命），也有对生活的隐忍和抗争。"尽量把自个活零干些"，"零干"是"累赘"的反义词，近似于利落干练、自主独立，它既是生存的底线，也是最高的目标。"说是见面买衣裳，实际上是要验人呢。验人就免了吧，验得了人的皮皮儿，还能验得了人的瓢瓢儿？我是个啥瓢瓢儿我知道呢。"这种表达非常质朴生动，远胜于很多花言巧语，现代人的最大弊病恐怕就是没有这样的自知！"我是个啥瓢瓢儿我知道呢"，这是多么澄明的生活理性啊！古柏虽然是一个带病的弱者，但在妻子怀孕之后，他越来越懂得"慈悯"，越来越像一个成熟的男子汉一样去担当一切，"通过你，通过一个男人和一个女人，把一个婴儿往这个红尘世界上引领，世上的事情里，没有比这个事情更重要更担责任的了！"这是一种真正的"成人礼"，是生而为人最可贵的地方！类似上面这样的语言，在电影中不胜枚举，这是生活的语言，也是诗性的语言，它们再次印证了哲学家海德格尔的深刻论断："语言是存在的家园。"

当然，在一个急剧变化的后工业时代，西海固也在面临着巨大的冲击，传统的乡村伦理秩序与超稳定的文化结构都在面临着失范与碎裂的危险，电影中也隐隐涉及低保、打工、移民等诸多现实问题，但无论如何，那种生生不息的文化之魂与精神血脉都永远在深水中流淌。在古柏这个低微、柔弱、隐忍的人物身上，在阿西燕这个单纯、善良、美好的女性身上，在他们的言行举止中，依然在薪火相传那些最朴素却又最珍贵的东西。"哪怕是一个残缺的麻雀，它的指望也是全美的啊。主啊，你把你的考验放在我身上，你把你的疼顾放在阿西燕身上！"这句话无疑是整部电影的"文眼"，是电影的主题，当然也是电影中最触动人心的东西。

电影的头尾，都与男主人公古柏的病相呼应，开放式的结局放在一个大雪纷飞的场景之中，连同下一代人未卜的命运，让人不免陷入沉思。在默默怜惜的同时，我们又在暗暗祝福。这里的疾病当然是一种现实，但未尝不可视之为一种隐喻，电影就在这儿戛然而止，虽让人有意犹未尽之感，但其实是恰到好处。生活何尝不是如此，每天都像这样，貌似平静地重复和延续，但它的每一个瞬间都充满旋涡与暗流。而最重要的是，面对生活中遭受的一切，我们要学会爱，学会领受，学会承担，一如古柏与阿西燕，要能不断克服自己的隐痛与不完美,去向往和憧憬一个美好的未来。也许,只有充满"考验"和"疼顾"的爱才更具有弥合与救赎的力量!

石舒清在一篇创作访谈中提到,他的写作要寻找"忧伤而充实"的感觉。电影《红花绿叶》给人的,也正是同样的感觉。略微有点遗憾的是,电影中缺少一些刺点而多了些诗意与理想化的成分,这当然与电影导演的取舍有关,她有自己的考量,我总觉得这是一部带有某些女性特质的电影。不过,在浪漫而聒噪的七夕档,它的上映,就像一股清流,让人们在"有情人终成眷属"的祈愿当中,依然坚信一种纯净而古朴的爱情。在一个越来越钝感和异化的"无情时代",我们更需要恪守一个"有情的世界"!

在石舒清的文学世界中,除了艺术,剩下的全是生活,是普通而日常、鲜活而诗性的生活。意大利作家卡尔维诺说:"我对文学的未来是有信心的,因为我知道有些东西只能靠文学及其特殊的手段提供给我们。"同样,我们对石舒清是有信心的,这也正是石舒清在他的文字里苦心经营的东西,那些"只能靠文学及其特殊的手段提供给我们"的也正是他的大欢喜。

三、守望与超越:宁夏文学影视改编的启示

在做了上述简单梳理之后,结合当前宁夏影视产业发展的现状,我觉得我们还可以进一步去思考。

第一,值得肯定的是,宁夏文学整体上具有比较高的水准,它为中国当代文学和当代电影提供了不可替代的优质资源,提供了极具个性的艺术样本,这些资源和样本在这个欲望消费的时代越来越稀缺,越来越珍贵。时至今日,可以说,宁夏文学与"宁夏故事"越来越深入人心,而且已不仅仅是"宁夏故事",更是"中国故事"。由此,宁夏文学的影视改编大有可为,还有极大的拓展空间。那么,宁夏文学在哪些方面有自己的优势呢?比如宁夏文学具有独特的诗性特质,为中国当代文学注入了健康新鲜的血液,在一个"诗意消逝"的工业文明社会,它尤为生动迷人。虽然宁夏文学多以写苦难

闻名,但其实它的内质是诗性的,这种诗性具有蓬勃向上的生命力与巨大的抚慰人心的作用。无论是在《清水里的刀子》《红花绿叶》当中,还是在《白云之下》当中,导演最看重的就是这一点,这也是最能打动人的一点。再比如,宁夏文学具有深厚的文化传统与人文底蕴,充分彰显了中华民族的优秀文化基因。宁夏文学生根于中国社会"超稳定"的伦理秩序与文化心理结构,并将其中的核心价值很好地延续和保留了下来,而这些具有"前现代"特质的东西,在当今的"后现代"社会,显得越来越重要。此外,宁夏文学具有深沉的思想张力。所谓"静水流深",宁夏作家都有强烈的责任意识,他们的写作充满疼痛与真诚,往往带着对社会现实的热切关注与深度思考,从而与那些哗众取宠、浅薄流俗的写作拉开了距离。有研究者把宁夏文学归入了"西部文学",认为宁夏文学体现的是西部文化与西部美学的特征,但我并不赞同这种说法,宁夏文学的最大特征应该是"西北性",它没有西部的瑰丽、神秘与奇观,而是呈现出西北的辽阔、朴素与苍茫。上述这些都值得我们进一步坚守传承,发扬光大。与此同时,我们要正视自己的短板,比如我们的作品产量还比较少,类型相对单一,还远远没有达到产业化的标准,这就需要类型更多样、冲击力更强、生活容量更大的文本。另外,众所周知,宁夏作家普遍比较安静、本分、纯粹,始终执着地坚守着"纯文学"的阵地,这是我们的传统与优势,但也可以尝试着适度改变一下观念。不必把文学与影视对立,也可以把一部分视角和精力投向影视与市场,从被动接受转向主动出击。目前我们在这方面做得还很不够,我们完全可以打开更大、更多的市场和空间,最好能形成某种持续延伸的产业链和市场效应。此前,在参加非虚构作品《大搬迁》的研讨时,我就说,把这个移民题材搬上大屏幕会非常有震撼力。其实,闽宁镇的东西协作,西海固的脱贫攻坚,海原大地震,贺兰山东麓的葡萄酒产业,枸杞与羊肉等,都是很好的题材,都是很好的"宁夏故事",都有转向艺术市场的可能性。

第二,文学与电影,代表了两种不同的文化与艺术形式,区别是明显的。前者是书写文化与时间艺术,主要诉诸文学思维,后者是视觉文化与综合艺术,主要运用电影思维,但是在"融媒介"的时代,恐怕更要注重"融思维",应该注意到文学与影视作品之间,更多的是融合共存的关系,相辅相生的关系,而不是疏离对抗的关系,文学与影视之间的深度互动,能产生良性的双向构建以及多方面的效益。就目前来讲,宁夏电影、宁夏电视与宁夏文学等,这些行业之间的发展是不均衡的,也大都各自为政,缺乏有效的整合与交流沟通,很难形成合力。按照宁夏电影集团董事长杨洪涛先生的说法,宁夏电影已经具备国际级的制造水平和世界级的艺术呈现能力。然而我们不无遗憾地发现,宁夏文学的影视改编却大都是"外来的和尚在念经",缺乏本土化的编创,当然这里面就无可避免地存在很多问题。与此同时,理论研究的滞后与相关评论的薄弱,也是创作沉默的重要原因。这意味着,我们现在迫切需要搭建一个更大更开放的平台,为宁夏文学的影视改编创造条件,从创作到评论到传播,从电影、电视、广播到文学等,都应该同心协力,打破行业区隔,集中优势资源进行合作,创制出一批具有示范性和重大影响力的作品。

第三,优秀的文学影视改编一定要处理好"作者性"与"体制性"的关系,要平衡"艺术性"与"商业性"的关系,寻找它们之间的"平衡度"。文学的影视改编无非是这几种基本方式:一种是忠实性的改编;一种是创造性的改编;还有一种是介于忠实与创造之间的融合性的改编。如《红花绿叶》,从小说到电影,都体现出鲜明的石舒清的"作者性",是比较忠实的改编;《白云之下》,是属于创造性的改编,作家漠月的参与度几乎为零,小说文本其实也非常简单,但它的改编与电影的拍摄过程非常值得研究,名称从《放羊的女人》到《奔走的天堂》再到《白云之下》,故事取景从小说中的阿拉善草原到电影中的呼伦贝尔草原,显然经历了一个理想化与艺术化的过程,原来的小说只是一个"核",改编者只是用它来"借鸡下蛋";《清水里的刀子》的改编,就属于融合性的改编,把作家石舒清与导演王学博的"作者性"进行了整合。这几种改编方式,都有其优长之处,但都关乎一个"度"的问题,关乎如何处理"作者性"与"体制性"、"艺术性"与"商业性"之间的关系的问题。

所谓"作者性",体现的是创作者的主体特征,包括其个性气质、美学趣味、艺术理想与思考视野等;所谓"体制性",指的是在现代技术与市场背景之下,由导演、编剧、制片、发行、市场等共同形成的行业机制与商业环境。如何处理这两者之间的关系,关乎影视改编的成败。比如电视剧《装台》,就较好地处理了这二者之间的关系,作品一方面保持了陈彦原作的内涵气质与现实主义的风格,别一方面又采用了一些全新的改编,融入都市剧的轻喜剧元素,亦庄亦谐,切合当下的审美趋向。其实"艺术性"与"商业性"之间并不冲突,没有"艺术性"作为保障,"商业性"大都经不起时间的考验;而如果片面回避"商业性",也很难使得"艺术性"深入人心。在这个过程中,既要恪守艺术的规律,也要遵循市场的规律,二者缺一不可,关键是要找到共振点。

总之,宁夏文学的影视改编在近些年来有了很好的市场基础和发展势头,但依然存在着诸多问题,需要我们进一步改变观念,共同协作,赢得更为美好的未来。

跋

　　"盖文章,经国之大业,不朽之盛事。"时代之变反映在文艺创作之中,也鲜明地体现在文艺评论之中。《宁夏文艺评论 2021 卷》对时代之变的思考立足"地方知识",也渐渐显现出一些"中国气派"。为庆祝中国共产党成立 100 周年,"周年·专题"对"庆祝中国共产党成立 100 周年书法美术摄影民间工艺作品展"上的艺术作品按照艺术门类进行了赏析和评论。针对脱贫攻坚,则重点关注了影响广泛的电视剧《山海情》以及两部纪实文学作品《大搬迁》和《翻越最后一座"高山"——固原脱贫攻坚纪事》。同时,就宁夏文学作品改编影视剧广播剧,一些作家和学者从不同角度,提出了各自的认识和判断,对宁夏优秀文学作品的"跨媒介"改编有一定的指导意义。

　　"人禀七情,应物斯感,感物吟志,莫非自然。"经历时代之变,身处生活之中,以情来感悟波澜壮阔的时代,用笔来记录千姿百态的生活,实在是人之常情。由"感物"而"吟志",是人类共有的自然而然的情感抒发,所以就有了丰富多彩的文艺作品和文艺评论。书中读后感和观后感是最基本的文艺评论形式,有不少文章题目就直接标明是"读后感"。自由灵活,读起来亲切感人,更与中国古代的"诗话"传统相衔接。书中收录的文章,都是有感而发,进而达到一种"共情",当然,个人感受、理论功底、语言表达、文化素养等都不尽相同,因而评论独抒性灵,文章别具风采。这本是事物良性发展的最佳状态。

"声音之道,与政通矣。"文艺评论源于对文艺作品的感受,一方面是个体的审美感受,另一方面也具有意识形态属性与意义。个体是社会中的个体,审美感受不也是意识形态的组成部分吗? 评论者的立场、态度和视野,都反映在他们的文字之中。每个人的话语汇聚到一起,就是整个时代的声音。《宁夏文艺评论》的重要作用之一,就是汇聚文艺评论的"宁夏声音",为不断推进文艺事业繁荣发展,铸就新时代文艺高峰,建设社会主义文化强国,实现中华民族伟大复兴的中国梦提供"宁夏贡献"。

"志之所趋,无远弗届,穷山距海,不能限也。"某种程度上说,编好一本书的困难并不比写一本书轻松,其中甘苦,心中自知。《宁夏文艺评论2021卷》能够如期与大家见面,依然要感谢宁夏文联、宁夏评协各级领导的指导和关怀,也要感谢各位同仁的支持和厚爱。宁夏文艺评论事业呈现蓬勃态势,让我们踔厉奋发,勇毅前行,携手并进,乘势而上,再创佳绩。

编者